M.J. HAAG

Série Contos da Fera

Engano

AOS CUIDADOS DA FERA

PARTE 2

3DEA editora

Título Original: Deceit
A Beastly Tale
Part 2

Editor-Chefe| Patrícia K. Azevedo
Assistente de desenvolvimento| Jhenifer Barroca
Tradutor| Alline Salles
Adaptação de Capa| Mia Klein
Diagramação| Cris Spezzaferro

Texto de acordo com as normas do Novo Acordo Ortográfico da Língua Portuguesa (1990), em vigor desde 1º de Janeiro de 2009.

Dados Internacionais de Catalogação na Publicação (CIP)

H111 Haag, MJ
Engano/MJ Haag; tradução de Alline Salles.
Brasília: 3DEA Editora,2018
Nº de páginas 206; 14x21 cm
Tradução de: Deceit; A Beauty and the Beast Novel; A Beastly Tale, Book 2
ISBN 978-85-93964-43-5
1. Literatura Estrangeira. I. Título.
CDD: 820

Um

Os choramingos abafados de Bryn desapareceram quando mergulhei na névoa. Não fui muito longe antes de hesitar. Conseguia ver a mão que eu segurava diante de mim, mas nada além disso. Mesmo assim, não foi a visibilidade que me fez parar. O medo me paralisou.

A fera sempre manteve todo mundo afastado. Por que isso mudara? E por que comigo? Saber por que ele tinha ido tão longe para me prender dentro da propriedade poderia ter me assegurado. Depois, de novo, talvez seus motivos fossem para ser temidos.

O rabo da fera bateu contra meu estômago, um lembrete do acordo que eu tinha feito. Para salvar meu pai, não tive escolha a não ser agarrar o rabo e permitir que ele me guiasse pela névoa. Me afastar da minha família era difícil, mas andar na direção do meu futuro desconhecido era ainda pior.

Em vez de me levar para o jardim de mato crescido do lado de fora da cozinha, ele se virou um pouco para leste. Não demorou muito para meus pés amassarem cascalhos. Franzi o cenho com o som e, de repente, com o desaparecimento do rabo dele.

— Vá aonde desejar dentro dos limites da propriedade. Faça o que quiser, com exceção de ir embora — ele disse quando se moveu para trás de mim.

A névoa recuou com ele e revelou uma grande entrada à mansão que ele protegia tão zelosamente. Três degraus ladeados com placas enormes de pedra cinza levavam a um pátio coberto. Grandes colunas da mesma pedra apoiavam um teto que protegia os convidados que pudessem chegar durante um tempo rigoroso.

As portas duplas enormes arranhadas se abriram a convite. Mesmo assim, em vez de uma recepção boa, suas bocas abertas transmitiram uma sensação bizarra de desolação. Com relutância, subi os degraus e entrei no lar da fera.

Pela primeira vez, vi o interior da mansão com clareza. Decoração antiga, perfeitamente preservada da destruição do tempo, ainda assim, desfigurada pela raiva e negligência da fera, atraiu meu olhar curioso. Ele realmente precisava somente de uma empregada?

— Devo limpar, então? — perguntei, sabendo que ele ainda estava atrás de mim.

— Faça como quiser — ele disse irritado.

Aceitando suas palavras, fui de cômodo em cômodo, analisando o lugar que agora chamaria de lar. Embora não me importasse com limpeza, uma boa arrumação tornaria um bom lugar para se viver. Conforme perambulava, endireitava uma cadeira caída ou arrumava papéis jogados. Em alguns lugares, estilhaços de objetos quebrados sujavam o chão, e eu tentaria me lembrar de voltar com uma vassoura quando minhas botas os esmagaram.

Perdi a conta de quantas voltas e quantos cômodos visitara enquanto a fera me seguia disfarçadamente em sua agora pequena nuvem de névoa. Além da biblioteca, não vi nenhum lugar de interesse particular até chegar ao segundo piso.

No meio da destruição da fera, um único quarto permanecia intocado, e não o culpava por ignorá-lo. Babados, perfumes e travesseiros preenchiam o quarto com tons tóxicos de pink. Eu não tinha problema com pink em pequenas doses. No entanto, o que estava diante de mim fazia meus olhos doerem. A única exceção àquela superabundância era um conjunto de portas pretas e brilhantes, as quais chamaram minha atenção.

Elas se localizavam na parede interna e imploravam pelas garras furiosas da fera. Ainda assim, nada decorava a superfície.

Atravessei os tapetes pink e abri a porta. Do outro lado, a madeira apresentava as piores marcas que já tinha visto, tao profundas que apenas uma camada fina de madeira impedia que houvesse um buraco. Gentilmente, passei os dedos nas marcas, olhando para os cortes.

Enquanto observava, um pedacinho menor que uma radícula se mexeu, lentamente se endireitando para emendar o rasgo. Eu teria observado por mais tempo, fascinada pela demonstração do encantamento, porém a bagunça no quarto me distraiu. Tudo desde o colchão aos lençóis da cama às decorações incrustadas na madeira do piso tinha sido arruinado.

— Meu quarto — ele disse por detrás de mim. — Este quarto é seu.

Me virei para olhar por cima do ombro para a abominação cor-de-rosa.

— Eu preferiria trocar — disse baixinho.

Fechei as portas e continuei meu tour. Por um tempo, fiquei desesperadamente perdida até chegar a um corredor que reconhecia. Demoraria um bom tempo para aprender os caminhos da casa dele. Minha casa, me corrigi.

Indo até a biblioteca, resolvi passar o dia limpando-a, para que pudesse transformá-la em meu santuário. Não tinha certeza do que encontraria. No dia em que lera para ele, havia apenas tido um vislumbre dela à luz da vela. Hoje não foi muito diferente.

Quando entrei no cômodo, as cortinas ainda cobriam as janelas, dificultando a visão mesmo sem a névoa dele embaçando a área. Consegui ir até a janela mais próxima e puxei os panos para abrir a cortina. A luz entrou e me virei para ver o cômodo. Arfei ao ver aquela imensidão.

O cômodo enorme tinha mobília suficiente para permitir que muitas pessoas se sentassem, embora tudo estivesse jogado a esmo. Estantes cheias de livros cobriam cada parede, até acima das duas portas. As únicas interrupções eram as quatro janelas na parede externa e uma lareira perto da porta pela qual eu tinha entrado. Ansiosa para ver mais, me movi para abrir cada cortina e finalmente vi a biblioteca inteira.

Ignorando a fera, comecei a endireitar a mobília e arrastar móveis pelo piso de madeira para as posições que eu queria. Quando encontrei um livro caído no chão, coloquei-o na pequena escrivaninha próxima à janela central. Até ter a oportunidade de descobrir como os livros eram catalogados e organizados, eu não queria colocar nada nas prateleiras.

Trabalhei por horas até o barulho repentino do fogo se acendendo sozinho me distrair. Havia uma bandeja de comida em uma mesa que eu colocara na primeira área de estar que eu tinha arrumado. Esfregando as mãos empoeiradas na saia, me sentei e comi enquanto meus olhos observavam o cômodo, pensando no que faria em seguida. A área perto de onde eu estava sentada havia restabelecido a ordem. A seção mais longe de onde eu estava ainda precisava de muita atenção.

Após devorar todas as frutas e o queijo, voltei ao trabalho. Quando o sol se pôs, a biblioteca estava do meu agrado, e comecei a analisar os livros. Contei 22 estantes separadas por segmento do chao ao teto. Em cada uma, havia, no mínimo, 15 prateleiras. A maioria estava organizada por assunto, depois por autor. No entanto, muitas prateleiras pareciam ser dedicadas a um autor específico.

Lentamente, comecei a ver onde os livros caídos que eu pegara pertenciam e comecei a recolocá-los no lugar. Uma prateleira em particular foi difícil, já que se encontrava além do meu alcance na ponta dos pés. Olhei para baixo para a prateleira mais baixa e pensei se ela suportaria meu peso.

Erguendo-se em duas pernas, a fera ficou em pé atrás de mim, pegou o livro da minha mão e o colocou no lugar com facilidade. Assustada, encarei seu braço peludo até ele desaparecer da minha vista, não ousei me virar.

— Não suba nas prateleiras — ele disse, adivinhando minha intenção. — Você vai cair.

Tão rápido quanto ele se colocou atrás de mim, senti-o se afastar; e soltei a respiração que prendera. Quando olhei em volta, vi que ele estava no canto mais longe e mais escuro, com sua névoa obscurecendo-o. Ficara tão absorta na biblioteca que me esquecera de sua presença.

— Obrigada — disse baixinho.

Um relógio no canto badalou pela meia hora. Olhei para ele, vi o quanto estava tarde e bocejei.

— Venha. Coma. Vou levá-la ao seu quarto depois — a fera disse do canto onde estava.

Novamente, uma bandeja com frutas, nozes e água gelada me esperava na mesa. Comi tudo depois o segui pelos corredores escuros e iluminados por lamparinas, memorizando o caminho da biblioteca ao meu quarto.

Ele abriu a porta do quarto e ficou afastado para me deixar entrar. Quando passei por ele, meu braço encostou em seu tronco, e ele rosnou. Um arrepio de medo me percorreu.

— Boa noite — ele disse simplesmente e me deixou sozinha no quarto extremamente cor-de-rosa.

Olhando o cômodo de forma mais detalhada do que na primeira vez, vi a cama macia e convidativa, o armário cheio de roupas e uma toalha macia aguardando ao lado da tina de água quente no lavatório. Limpei o pó do rosto e das mãos, depois fui para o armário e encontrei muitas camisolas, todas simples, com hobbies simples combinando. Pelos menos não eram cor-de-rosa, pensei ao me despir, e coloquei uma azul-clara.

Deitei na cama e pensei na minha família. Não duvidava que a fera os tivesse libertado; ele me queria ali por vontade própria, quaisquer que fossem seus motivos. Àquela hora, imaginei que minha família tivesse retornado em segurança à Ponte. Virando-me de lado, imaginei como eles fariam trocas sem mim. Embora esperasse que ao ter uma boca a menos para alimentar facilitasse um pouco o fardo de Papai, eu sabia que ele preferiria que eu estivesse em casa em vez de ali. Mesmo assim, a mansão da fera não parecia tão terrível. Eu era livre para perambular dentro dela, regularmente alimentada e, até agora, ele não tinha exigido nada de mim.

Suspirando, fechei os olhos e pensei no que faria para me ocupar ali. Por mais que aquele lugar encantado fosse interessante, se o resto dos meus dias fossem iguais aos de hoje, eu ficaria entediada rapidamente.

Na manhã seguinte, acordei tarde e saída da cama quente com relutância — o colchão de Papai não se comparava ao que agora eu chamava de meu. Água fresca e quente novamente esperava por mim no lavatório para que eu lavasse o rosto. Gostava de não ter que sair de casa para pegar minha própria água. No entanto, quando me virei para me vestir, franzi o cenho confusa com a cadeira vazia ao lado de meu armário. Tinha certeza de que pendurara meu único vestido ali quando tinha me preparado para dormir na noite anterior.

Abri o guarda-roupa, pensando que teria sigo guardado magicamente lá dentro enquanto eu dormia. Ali dentro, havia vestidos luxuosos translúcidos, um arco-íris de saias de cores pastéis. Sem dúvida, meu vestido havia desaparecido para que eu usasse um da escolha dele. Suspirando, escolhi um de forma aleatória. Pelo menos eu tinha roupas. Poderia ser pior, pensei, lembrando do desejo dele de me ver quando me banhara. Ele poderia ter decidido me fazer andar por aí nua como as irmãs faziam. Só queria entender o objetivo de ele me fazer vestir de maneira tão chique.

O vestido verde-claro que escolhi escorregou por minha cabeça com facilidade. As saias em camadas permitiam um vislumbre de uma sombra das minhas pernas. O corpete achatava meus seios pequenos, tornando visível cada detalhe. Mordi o lábio e pensei como preservar um pouco da minha intimidade. Meus olhos pairaram nos hobbies que eu considerava inúteis para cobrir.

Rasguei ambas as mangas de um hobby da mesma cor e as dobrei na metade para adicionar duas camadas de tecido em meu corpete. Fez o efeito desejado de bloquear os detalhes enquanto dava apenas uma alusão do que o corpete escondia. Calcei as sandálias delicadas que combinavam com o vestido e saí do quarto com a intenção de passar o dia lendo.

Na biblioteca, havia uma bandeja com o café da manhã, mas a ignorei e fui até a escrivaninha recuperar meu livro de agricultura que havia deixado de lado. Era aquele que eu começara a ler para a fera, e eu queria lê-lo até o fim. Acomodei-me na poltrona perto da bandeja e, distraidamente, dei uma mordida na carne cozida e apimentada enquanto me ajeitava.

— Dormiu bem? — a fera perguntou baixinho.

Minhas entranhas pularam com o susto que ele me deu, mas apenas assenti em resposta e mantive os olhos na página. Após alguns minutos de silêncio, acalmei-me o suficiente para comer e, de novo, me perdi no livro.

— Achou as roupas satisfatórias?

— Não muito — eu disse. — Temo que, se for lá fora, ficarei com frio e será a minha morte. Espero que no inverno tenha algo com um pouco mais de pano.

Ele rosnou, mas não comentou.

Bem depois de ter dado minha última mordida, terminei o livro e o fechei com um barulho alto. Intrigada pelos problemas que fazendeiros enfrentavam e as soluções propostas pelo autor, fui até a prateleira sobre agricultura, devolvi o livro e selecionei outro volume fino, o qual levei para a poltrona.

— Gosta de agricultura? — a fera perguntou com um tom de incerteza.

— Não muito. Mas gosto de comer, e as duas coisas estão definitivamente relacionadas.

Ele não respondeu, e eu me pus a absorver os pensamentos do novo autor. Eles concordavam em um tópico.

Plantações repetitivas resultavam em colheitas mais pobres. Entretanto, as soluções variavam. Um sugeria deixar o campo repousar por muitos anos. O outro sugeria que o abate anual fosse feito sobre o campo para atrasar a depleção do solo. Eu não gostava da ideia de comer cenouras crescidas no sangue de animais de 1 ano. Busquei opinião de outro e continuei procurando pelos volumes até haver quase vinte livros sobre agricultura na mesa ao lado da minha bandeja. Recorri a um e a outro até chegar a uma conclusão baseada em muitos métodos testados.

— Peixe e certos restos de animal — murmurei, folheando as muitas páginas. — Talvez, vegetação também. Interessante. — Desejava ter uma forma de perguntar ao sr. Kinlyn como ele prevenia a depreciação do solo.

Voltei meu olhar para a escrivaninha. O pensamento de escrever para o sr. Kinlyn levou ao pensamento de escrever a Papai.

— Posso escrever cartas e mandar entregar? — perguntei à fera.

— Pode escrever, mas vou ler sua correspondência antes de enviá-la — ele disse.

Levantei-me e fui até a escrivaninha. Do lado de fora, vi a movimentação da ninfa fêmea, ajoelhando-se diante de seu parceiro não mais sólido. Antes de eu conseguir parar totalmente para pensar no que eles faziam, a fera resmungou uma promessa rápida de voltar logo e saiu do cômodo.

Preocupada com a ninfa, corri para a janela e a abri. Ambos os ninfos congelaram com o barulho.

— Ele está vindo — rapidamente sussurrei em alerta.

Ambos solidificaram ao som da minha voz.

Conforme as névoas escuras se encaracolavam e apareciam pela esquerda, vi como a dupla permaneceu unida e ruborizei profundamente. Aparentemente, o padeiro não era o único que gostava de provar.

Debruçando-me mais na janela, chamei a fera, preocupada com seu comportamento caso encontrasse sua ninfa solidificada.

— Sir, todas as árvores da propriedade crescem de maneira tão peculiar?

Ele diminuiu o passo ao som da minha voz e rosnou ameaçadoramente, mas não se aproximou das árvores. Em vez disso, foi até a janela, deixando-me perto da sua altura quando ele estava em pé em duas pernas. Através da névoa, vi uma de suas orelhas tremular com agitação.

— Por que abriu a janela?

— Para ter uma visão melhor da beleza de fora — eu disse com tranquilidade. — Não quis perturbar seu tempo longe de mim. Vou olhar as árvores depois. Elas merecem ser estudadas. — Evitei soar falsa.

Com uma última olhada para as árvores, fechei a janela e voltei para a poltrona.

Outra bandeja me esperava. Ansiosa, mordisquei a comida, apenas comendo-a de verdade quando a fera retornou. Com o pretexto de escrever uma carta, passei pela janela e vi, para minha alegria, a dupla ilesa.

A fera rejeitou as primeiras tentativas de escrever a carta para meu pai. A versão que ele finalmente aceitou incluía pouquíssimo detalhe, apenas que eu tinha passado um dia lendo sobre agricultura e minhas descobertas sobre o assunto. No fim, desejei que meu pai ficasse bem e prometi vê-lo logo. Similarmente, escrevi uma carta para o sr. Kinlyn a fim de perguntar quais tratamentos ele dava aos seus campos no fim de cada temporada.

O corvo que eu vira em Konrall foi até a janela quando a fera o chamou e pegou as cartas com o bico, depois voou de novo.

A tarde se transformou em noite e, entediada com a atmosfera da biblioteca, caminhei lentamente pela casa, com a fera atrás de mim, não muito longe. Quando passei sem querer pelo meu quarto, resolvi ir para a cama cedo e dei boa-noite a ele. Ele rosnou e grunhiu, mas me deixou sozinha.

Naquela noite, o som da minha porta se abrindo me acordou o bastante para eu erguer a cabeça.

— Durma, Benella — a fera sussurrou.

A cama se afundou quando ele se deitou ao meu lado e enfiou os dedos em meu cabelo. Eu dormi.

Um banho quente aguardava em meu quarto quando acordei. Naturalmente hesitante após minha última experiência em tomar banho no covil da fera, encarei-o antes de me despir. Não poderia evitar tomar banho para sempre e também não me agradava fazer isso apenas uma vez por semana, quando saísse.

Afundando na água quente, suspirei, mas não perdi tempo relaxando. Depois de me lavar com um sabonete exageradamente doce, saí da água, enrolei uma toalha enorme em mim e abri o guarda-roupa. Um vestido longo se encontrava lá dentro, uma única camada de tecido que não deixava nada para a imaginação. Virando-me para olhar minha camisola, vi que ela também desaparecera. Enruguei o nariz com frustração até as cortinas cor-de-rosa gritante chamarem minha atenção.

Quando saí no corredor, não fiquei surpresa ao ver a fera me aguardando. Pedaços rasgados cor-de-rosa discretamente escondiam minhas partes importantes, um retângulo comprido sobre meus seios e outro pedaço com formato único que eu amarrara nas minhas laterais cobriam minha bunda e a parte da frente.

A fera rosnou ao me ver. Fui até ele, passando por sua névoa até eu ver seus olhos a centímetros dos meus. Ele estava parado nas quatro patas.

— Quer que eu tenha medo de você? — perguntei, minha respiração movia seus pelos conforme eu falava.

Ele piscou para mim.

— Não.

— Então por que fica rosnando para mim? Um rosnado, no mundo animal, significa um alerta e inspira cuidado, senão medo.

— Não sou um animal — ele disse com um rosnado ainda em sua garganta.

— Então pare de agir como um — eu disse com calma.

Ele piscou para mim de novo, depois semicerrou os olhos.

— Não gostei do seu vestido — ele disse.

— Muito melhor — eu disse com um sorriso e estiquei a mão para dar tapinhas em sua cabeça. Eu sabia que me arriscava tratando-o assim; mas se ele insistia em jogar comigo, eu também jogaria.

Seus olhos se arredondaram ao meu toque, e pensei que ele rosnaria de novo. Em vez disso, apenas me observou de perto enquanto eu dava um tapinha final em sua cabeça e me virava de costas, sem responder ao comentário dele.

— Posso comer ovos de café da manhã? — perguntei agradável. — Oh, e bacon? — Minha boca aguou com essa ideia.

Ele respondeu com uma aprovação vencida e me seguiu pelos corredores até eu encontrar a biblioteca. Uma bandeja já aguardava com a comida que eu pedira. Em vez de procurar um livro, sentei-me na poltrona e dei uma grande mordida.

— Você come? — perguntei.

Ele tinha se envolvido com a névoa de novo, mas não totalmente para que eu conseguisse ver seu contorno.

— É claro — ele respondeu.

— Não precisa ficar tão ofendido. Nada aqui parece ser normal, e você nunca come comigo, então eu não tinha certeza. — Dei mais mordidas. — O que farei hoje? — perguntei.

— O que desejar — ele respondeu.

Ao terminar a refeição, fui até a cozinha e saí pela porta. Toda vez que eu tinha saído da cozinha, havia ido diretamente para os portões da propriedade. Daquela vez, virei para a esquerda, felizmente em direção ao lado da mansão onde ficava a biblioteca.

As sandálias delicadas não protegiam meus pés conforme eu andava do lado de fora, e a planta dos meus pés ficavam mais moles quando eu andava. Mesmo assim, insisti até ter andado toda a frente da mansão. Parando, olhei para cima e contei quatro andares. De alguma forma, não vira uma escadaria no segundo andar.

Dando a volta no canto da parede, uma roseira enorme me forçou a me afastar da mansão e adentrar a floresta. Senti uma pontada do meu vestido um instante antes de ouvir o tecido rasgar. Uma boa parte da minha coxa agora estava exposta.

— Também não gostei do meu vestido — eu disse por cima do ombro em resposta ao comentário que a fera fizera mais cedo.

Ele não disse nada enquanto me seguia.

Quando consegui circundar a roseira, tinha muitas pontadas e rasgos no vestido e realmente apreciei os pedaços de cortina que colocara dentro do vestido. Eu sangrava por alguns pequenos arranhões, mas nada que me fizesse ir mais devagar.

Enfim, cheguei ao lugar onde vira os ninfos, mas não havia nenhum deles ali. Decepcionada, olhei na direção da janela. Teria sido um caminho bem mais curto se tivesse descido ali. Balançando a cabeça, continuei na mesma direção e, em certo momento, encontrei a porta que a fera usara para chegar aos ninfos no dia em que eu lera para ele.

Aliviada, manquei de volta até a biblioteca e me sentei na poltrona, tirando as sandálias. Isso não teria acontecido se ele tivesse me deixado calçar as botas. Os cortes estavam começando a arder.

— Preciso de roupas melhores — eu disse. — Fortes, que aguentem roseiras e pedras.

— Não. Se não posso tocar você, pelo menos vou olhar para você.

— É por isso que quer que eu use essas coisas? Certo. — Enterrei-me na poltrona de novo e coloquei os pés para cima. — Toque meu cabelo, depois me dê botas, calças fortes e uma camisa de homem.

Um barulho baixo de risada veio por trás de mim, e eu fechei os olhos, sem acreditar que tinha deixado meu temperamento explodir.

— Peço desculpas — ele disse. — Deixe-me curar seus ferimentos. — Era mais uma exigência do que um pedido.

— Preferiria vestir calças.

— Deixe-me curar suas feridas, e vai ter suas calças quando se aventurar lá fora.

— Certo — eu disse, sabendo que ele não oferecera botas nem camisa. Mas as calças já eram um começo.

Sua língua passou por meu tornozelo, tirando-me de meus pensamentos. Ele subiu mais, sem precisar tirar o vestido para aliviar o corte em meu joelho. O calor me inundou depois que sua língua passou pelo leve arranhão em minha coxa.

Quando ele foi para o rasgo pequeno no tecido em minha barriga, eu estremeci, sem mais ter certeza sobre nosso acordo. Ele passou a língua pela ferida minúsucla muitas vezes antes de subir mais. Então, pausou. Sua cabeça enorme pairou exatamente acima de meus seios, o calor de sua respiração os aquecia.

Antes que eu pudesse pensar em entrar em pânico, ele continuou a subir até meu queixo, e me lembrei de um galho que rebateu em meu rosto. O toque de sua língua tão perto da minha boca provocou um arrepio em mim. Ele me lambeu de debaixo do queixo até o lábio inferior.

— Me toque — ele disse.

Abri os olhos e me vi encarando os olhos dele. Grandes e largos em sua cabeça peluda e de um azul profundo, eles me travaram no lugar sem névoa nos separando. Ergui uma mão e, gentilmente, coloquei-a em seu pescoço, o pelo macio esquentou meus dedos. Debaixo deles, senti-o estremecer, e pensei na frequência com que alguém o tocava. Provavelmente nunca. As criaturas ali pareciam temê-lo tanto quanto as pessoas da cidade.

— Diga a verdade, faltou algum lugar? — ele sussurrou.

Com relutância, assenti e virei de bruços, quebrando nosso contato.

Ele lavou os arranhões na parte de trás das minhas pernas e braços e, então, debaixo dos pés, o que me fez contrair e sentir cócegas involuntariamente. Quando terminou, ele se afastou de mim, envolvendo-se novamente com a névoa.

Pelo resto do dia, contentei-me com livros e tentei me esquecer de sua presença.

Não havia nenhuma calça no guarda-roupa no dia seguinte, apenas uma seleção de vestidos transparentes. Sorrindo com aquela seleção, escolhi o vestido mais simples e enfiei outro pedaço de pano rasgado das cortinas, as quais não desapareceram.

A fera aguardava no corredor com menos névoa do que no dia anterior.

— Não gostei do vestido — ele disse de novo.

— Eu também não — eu disse, concordando. — Pensei que fosse usar calça hoje.

— Se quiser sair de novo hoje, pode se trocar nos aposentos dos criados. Sua calça está lá e só é para ser usada lá fora. Aqui dentro, quero que use os vestidos que encontrar no guarda-roupa.

Assentindo, caminhei apressadamente em direção à cozinha. Cumprindo sua promessa, havia uma calça em uma das camas assim como botas e uma camisa creme. Com rapidez, fechei a porta e me troquei. A calça era um pouco mais confortável do que eu estava acostumada, assim como a camisa, mas as botas couberam certinho.

Ansiosa, saí do quarto e abri os braços para dar um giro lento para a fera.

— E então? — perguntei com um sorriso no rosto.

— Adorável — ele disse.

Feliz com as roupas, saí pela porta. Conforme eu explorava devagar a área diante da mansão, a fera andava atrás de mim. Perto do almoço, senti sua impaciência aumentar e sabia que meu tempo do lado de fora logo acabaria. Não fiquei chateada. Foi um passeio agradável.

— Vá se trocar — ele disse. — Não use essas roupas dentro de casa a menos que queira perdê-las.

Voltei para os aposentos dos criados e me fechei ali para me trocar. Imediatamente, vi o que ele fizera. O vestido permanecera onde eu havia deixado, mas meus pedaços de cortina tinham desaparecido. Joguei-me sentada no colchão, seu tecido era muito grosso para rasgar sem a ajuda de uma faca. Não havia mais nada para me esconder do olhar dele. Se eu ficasse com a calça ou tentasse usar a camisa de alguma forma, não tinha dúvida de que elas sumiriam de manhã, e eu não as veria de novo.

Derrotada naquele momento, coloquei o vestido e marchei para fora do quarto. A mesa na cozinha estava posta com comida.

— Não estou com fome — eu disse e me virei para sair dali.

— Pare. Vire e me mostre seu vestido como fez quando se trocou esta manhã.

Cerrei os dentes para me impedir de lhe dizer o que eu pensava dele, virei-me lentamente em um círculo, mantendo os braços na lateral.

— Se acabou de me humilhar, eu gostaria de ir para o meu quarto.

Ele rosnou baixo e demorado.

— Sente-se. Coma. Ou eu vou alimentá-la.

Olhando fixamente para a névoa enrolada perto da porta da cozinha, marchei até a mesa, vi uma tigela cheia de carne e molho, e enfiei a mão nela. Tirando uma mão cheia de carne pingando molho, continuei e coloquei tudo na boca da forma mais grotesca e grosseira que eu poderia imaginar.

O rugido dele estremeceu as janelas, mas o ignorei, engoli o pedaço de carne e me estiquei para pegar as batatas assadas. Com a mão. Abarrotei uma na boca e mastiguei fazendo barulho.

— Eu disse para se sentar.

Joguei-me na cadeira, sem me incomodar em ficar de frente para a mesa. Nunca tirando os olhos dele, estiquei-me para o lado e peguei o próximo item. Ameixas cozidas. Embora fosse um prato desagradável que eu geralmente evitava, nem pisquei ao jogar um pouco na boca e derramar o caldo no meu vestido. As ameixas me engasgaram quando eu engoli, e perdi o pouco que restava do meu controle.

Sem me levantar, peguei o prato e joguei com toda a força na fera, cuja forma apareceu brevemente na névoa. A tigela o atingiu, quebrou-se e o lavou com o caldo açucarado.

A névoa desapareceu, e eu vi o ódio nos olhos dele.

— Corra — ele sussurrou.

Um calafrio passou por mim e me levantei de repente da cadeira, minha saia flutuando entre as pernas conforme eu corria para o meu quarto. Não conseguiria chegar a não ser que ele escolhesse me deixar.

Atrás de mim, ouvi um barulho poderoso e outro rugido.

Não parecia que ele estava no clima de me deixar escapar.

Meus pés com sandálias escorregaram no piso de madeira quando mudei de direção para virar no primeiro corredor que encontrei. Continuei correndo e virando até chegar à biblioteca. Abrindo bem a janela, pulei-a e caí em pé, assustando os ninfos que estavam ali de novo.

— Corram — sussurrei para eles.

Lá dentro, a fera rugiu. O macho correu, mas a fêmea hesitou.

— Vá! — alertei-a conforme me virei de volta para a mansão. A fêmea segurou meu braço e me virou para o leste, dando-me um empurrãozinho. Eu corri.

Os gritos da fera diminuíram conforme eu me distanciei dele. Um ponto na minha lateral começou a ter cãibra quando finalmente saí correndo de entre as árvores e caí de cara em uma piscina familiar. Rolei de costas e me levantei cuspindo com água até o joelho.

Depois de limpar os olhos, tentei silenciar a respiração ofegante para conseguir escutar a fera. Ao longe, escutei-o chamar meu nome.

— Criança — uma voz rouca disse próxima.

Virei-me e vi a velha árvore, com o rosto já formado.

— Ele vai aprender. Não desista. Não fuja.

A árvore se distorceu, fechando a boca e os olhos logo antes de a fera aparecer na clareira. Meus olhos se arregalaram ao vê-lo conforme ele estava parado na beirada da lagoa, respirando com dificuldade e totalmente visível apoiado nas quatro patas. Seus pelos arrepiados e dentes à vista provocaram um arrepio de medo em mim, assim como fazia o rosnado baixo que emanava dele. A árvore queria que eu ficasse. Eu queria fugir desesperadamente.

Tremendo com medo e frio, fiz o que a árvore sugeriu e fiquei parada.

— Vai me machucar agora? — As palavras mal saíram da minha garganta apertada. Mesmo assim, eu sabia que ele as ouvira porque seu rosnado se aprofundou. Apesar de sua raiva, ele permaneceu na beirada.

Segurei as saias pesadas e expirei lentamente. Então, com os ombros para trás, corajosamente fui na sua direção.

Meu coração martelava no peito. Certamente ele podia ouvir; eu não conseguia escutar muita coisa.

Quando me aproximei, seu rosnado diminuiu enquanto o pelo de seu pescoço continuou completamente arrepiado. Ele olhou fixo para mim conforme fiquei parada diante dele. Com cuidado, estiquei o braço e passei a mão em seu pelo.

Ele não se afastou. Em vez disso, senti a pele arrepiar sob minha mão. O olhar da fera se encontrou com o meu, e eu vi a tempestade ali. O ódio inegável ainda estava presente, mas também vi tristeza e frustração. Meu coração se comovou com a criatura torturada, e o abracei com cautela.

Quando encostei a cabeça em seu pescoço, todo o barulho cessou. Não apenas seu rosnado parou, mas o chilrear animado dos pássaros, o farfalhar das folhas, tudo.

O caldo de ameixa emaranhava seu pelo.

— As ameixas estavam muito nojentas para jogar em você — sussurrei. — Deveria ter jogado as batatas.

Vi seus pelos arrepiados relaxarem lentamente.

— Por que não quis comer? — ele perguntou finalmente.

Dei risada.

— Não foi a comida que me incomodou. São as roupas. Não gosto de rosa, e não gosto de vestidos. Quando corre, eles fazem você tropeçar; e eu gosto de correr. Não gosto de ser tratada como uma prostituta.

Seus dentes se uniram.

— Eu não trato você como uma prostituta.

— Como não trata se me faz usar esses vestidos para que consiga ver todas minhas partes íntimas? — perguntei, mantendo a cabeça contra seu pescoço.

Seus pelos começaram a se erguer de novo, então ergui o braço e os coloquei para baixo. Ele grunhiu em resposta e pareceu se acalmar. Não o toquei mais que o necessário, alerta pela lição das irmãs.

— Venha — ele disse, em vez de me responder. — Vai pegar uma gripe se ficar mais tempo aqui.

Afastei-me para que ele pudesse me guiar. Não deixei de notar o olhar demorado que ele deu para meu vestido molhado e grudento. Mordendo a língua para evitar sussurrar a palavra prostituta, dei um tapinha na árvore quando passei por ela, grata por seu conselho.

Em meu quarto, outro banho aguardava juntamente com uma bandeja de comida e um recado que dizia simplesmente *Sem ameixas*.

Sorrindo, comi a comida, depois tirei o vestido úmido e colado. O caldo de ameixa o tinha manchado, arruinando o tecido. Não senti remorso quando o joguei no chão.

Dois

No quinto dia, o guarda-roupa continuava vazio. Fiz careta para ele e sussurrei uma única palavra.

— Fera. — E eu quis dizer sua natureza, não seu nome.

Depois da briga na cozinha, eu pensara que ele entenderia e cederia. Ainda assim, ele insistia nas roupas transparentes. No dia anterior, quando acordei, as cortinas tinham desaparecido; e eu rasgara um pedaço do lençol para me cobrir.

Agora, puxei um lençol inteiro da minha cama para enrolar em volta dos ombros antes de sair para o corredor. Hoje era o dia em que, supostamente, sairia para ver meu pai. Tinha ido dormir cedo, para que pudesse me levantar assim que amanhecesse, sem querer perder nenhum tempo que poderia passar com minha família.

No corredor, a fera aguardava, como sempre.

— Por que não tenho roupas? — perguntei.

— Vai visitar seu pai hoje? — ele perguntou calmo demais.

— Sim, eu queria.

A calma dele só me decepcionou mais.

— Então os vestidos que você tem não vão servir. Pode usar sua calça, que está na cozinha.

A irritação me deixou. Claro que não poderia usar as roupas que ele escolheu para ir à cidade. Presumira que ele não iria pensar nisso sozinho.

— Obrigada — eu disse, virando-me a fim de correr para a cozinha.

Ele puxou o lençol, impedindo minha partida.

— Deixe isso aqui.

Normalmente, uma vez que eu encontrava uma forma de me cobrir, ele não me fazia descobrir. Surpresa, olhei de volta para ele.

— Agora.

Desviei o olhar e deixei o lençol cair no chão. Quando comecei a me afastar, imaginei se ele achava a visão das minhas costas tão maravilhosa quanto Ila daquela primeira vez que vira. Pensar em Ila me fez sorrir. Mal podia esperar para ver minhas amigas de novo e pensei no que Papai teria lhes dito sobre minha ausência. Apertei o passo até correr, ansiosa para começar minha viagem.

Na cozinha, fechei-me nos aposentos dos criados para me trocar. Assim que abri a porta do quarto dos criados, a fera me deu um aviso.

— Combinamos um dia por semana. Você pode sair pelos portões depois de o sol nascer e deve retornar antes que o sol se ponha. Não se atrase ou vou pegar seu pai como recompensa.

Assentindo rapidamente, deixei-o na cozinha e corri para o portão conforme o céu clareava. Do canto do olho, vi um dos ninfos, mas ele se solidificou antes que eu pudesse ver qual era.

Os portões se abriram para mim quando a fera chamou meu nome. Parei ainda dentro da barreira de ferro.

A fera apareceu ao meu lado, sua respiração tão pesada quanto a minha.

— Você vai voltar? — ele perguntou grosseiramente.

Naquela questão, vislumbrei sua incerteza sobre mim. Não entendia por que ele queria que eu ficasse. No entanto, entendia que, quaisquer que fossem seus motivos, eu tinha importância para ele; e ele se preocupava que o medo pela segurança de meu pai não fosse suficiente para me levar de volta. Sentindo uma pequena dose de pena dele, assenti de novo antes de sair pelo portão.

O ar cheirava a liberdade com uma doçura que inalei profundamente enquanto alternava entre andar e correr. Quando avistei a ponte, um corvo empoleirado em um dos lados dela sacudiu o orvalho de suas penas e alçou voo; rodeando alto sobre a Ponte. Não parei para ver se ele voou na direção da propriedade.

Com um passo leve, caminhei pelo mercado, sorrindo para os comerciantes que já estavam ali, ao andar até a casa de meu pai. Na casa das Irmãs, vislumbrei alguém e parei para acenar para as janelas. Então, continuei. Quando fiquei diante da casinha de Papai, parei por um instante e, de maneira melancólica, observei a fumaça se encaracolar da chaminé. Sentira tanta falta de todos eles.

Sem bater, abri a porta, com um sorriso nos lábios. Como suspeitava, Bryn estava diante do fogão cozinhando alguma coisa. Ela olhou para mim, arregalando os olhos com surpresa.

— Benella — ela disse, claramente surpresa com minha chegada. Seu olhar pairou em meu rosto, depois em minhas roupas, antes de se escurecer com desaprovação. — Você parece saudável e bem alimentada. Espero que não esteja querendo comer; não tem suficiente.

Sua atitude não influenciou minha alegria em vê-la. Entrei e fechei a porta.

— Como você está, Bryn? O que aconteceu depois que vi vocês pela última vez? — Eu realmente queria saber sobre a possibilidade de ela estar grávida.

— Deixamos a propriedade e fomos até Konrall. Papai ainda tinha esperança de vender um livro. Ele nos alertou a não falar de você ou da propriedade. — Ela se virou de costas para mim e cutucou a carne chiando na panela. — Ele me pergutnou se eu seria feliz em um casamento forçado com Tennen. Disse que não; e não falamos de mais nada além de vocês, desde então.

— De mim? — Como Papai poderia não perguntar sobre o bebê? Obviamente ele deduzira que Tennen era o pai, mas não queria saber há quanto tempo? E havia outras perguntas que precisavam de resposta. Quanto tempo teria até o bebê chegar? Bryn tinha outros pretendentes? Já sentia o bebê mexer?

— Claro, de você. A fera pegou você. Todos ficamos preocupados, pensando que não voltaria para nós. Fomos ingênuos — ela disse amargamente. Antes de eu poder responder, ela continuou. — Trouxe alguma coisa com você? As coisas não estão muito melhores do que estavam há alguns dias.

— Sinto muito. Não trouxe. — Não tinha pensado em nada além de vê-los de novo. Na visita seguinte eu estaria melhor preparada.

A porta se abriu nesse instante, e Papai entrou correndo. Ele me girou e me deu um abraço apertado. Finalmente, a recepção que eu estava esperando. Abracei-o em resposta, sentindo o cheiro fraco do incenso das irmãs.

— Papai — Bryn disse com surpresa. — O que está fazendo em casa?

— Alguém me disse que viu Benella — ele disse quando se afastou de mim. Um sorriso se formou em sua boca, mas seus olhos pareciam mais tristes do que o normal.

— Mas seu trabalho. Não deveria

— Meu empregador tem um ponto fraco por Benella e me concedeu tempo para passar com ela esta tarde. — Papai tirou os braços de mim. — Benella, venha comigo. Bryn, vamos voltar para o almoço. — Ele se virou e saiu pela porta.

Quando olhei para Bryn, vi lágrimas em seus olhos.

— Vai ficar tudo bem, Bryn. Voltarei mais tarde e vou querer ouvir que nomes já escolheu para o bebê. — Ela arregalou os olhos, mas então me deu um sorriso triste e pequeno.

Alcancei Papai e coloquei a mão por dentro do braço dele.

— Por que está bravo com Bryn? — perguntei.

— O namorico dela vai fazê-la pagar, roubando-lhe um casamento com um homem decente.

Puxando seu braço para trás levemente, nos fiz parar na rua e o virei para olhar para mim.

— O namorico dela não vai roubar nada dela porque um homem decente olhará para ela, verá seu valor e receberá bem o filho que ela carrega. Aqueles que não virem seu valor ou se afastarem dela por causa do bebê não são decentes.

Papai balançou a cabeça, mas sorriu para mim de forma complacente.

— Se ao menos ela tivesse seu senso de responsabilidade — ele disse.

— Papai, como pode dizer isso? Bryn ficou responsável por todos nós desde que Mamãe morreu. Ela assumiu muita responsabilidade tão cedo que é uma maravilha seus ombros não estarem curvados por isso. Apesar dessa responsabilidade, ela ainda é jovem e propensa a ter fantasia de uma jovem. Tennen viu a doçura dela e brincou com suas esperanças. Não a culpe por sua ingenuidade quanto ao caráter de um homem.

Durante meu discurso, a boca de meu pai se abriu um pouco. Provavelmente eu soava pomposa.

— E não me julgue de forma tão dura quando eu cometer meus próprios erros ingênuos.

— Muito sábia para sua idade — ele murmurou, e começamos a andar de novo. — Então o que gostaria que eu fizesse?

— Não vê o quanto ela está apavorada? Provavelmente está pensando onde estará quando o bebê nascer. Assegure que ainda a ama e se importa com ela. Pergunte sobre nomes de bebê ou veja se Blye fez alguma roupinha para ela. Vou tentar encontrar algum jeito de ajudar também, na próxima vez que eu voltar.

— Não veio para ficar?

Balancei a cabeça.

— Ele vai permitir que eu visite vocês uma vez por semana. Mas preciso ter cuidado em voltar antes da hora atribuída.

Ele suspirou e olhou para mim com preocupação.

— Apenas se cuide. — Aproximamo-noss da porta dos fundos das Irmãs. — Vou querer detalhes quando almoçarmos juntos.

Assenti e o segui para dentro. Ele franziu o cenho para mim levemente, mas não comentou enquanto Ila aguardava com uma xícara de chá para mim.

Ila ficou quieta até Papai se afastar.

— Sentimos sua falta. Seu pai não disse aonde você tinha ido, mesmo Aryana o importunando constantemente.

Ela me levou para os aposentos de banho onde Aryana relaxava em uma das tinas.

— Benella — ela falou com suave deleite. — Estou tão feliz em vê-la. Conte para nós onde esteve.

Sorri quando ela saiu da água e nos seguiu para o cômodo dos fundos. Banhar-se parecia um ritual assim que eu entrava na casa das Irmãs, e imaginei se era assim que os homens sentiam quando chegavam.

— Empregada — eu disse vagamente enquanto Gen saía da sala. — Papai veio para cá por minha causa, então eu queria retribuir seu cuidado comigo. Posso sair um dia por semana para voltar e visitar. — Deixei-as me despir enquanto continuei com um sussurro preocupado. — Como ele esteve?

— Distraído — Aryana respondeu ao colocar minhas roupas de lado. Ela se voltou para mim e inclinou a cabeça me analisando. — Parece que você ganhou um pouco de peso.

Senti um rubor aquecer minha pele, e ela riu roucamente.

— Me conte sobre seu novo mestre — ela disse. — Ele a trata bem?

— Ele é confuso — admiti. — E irritado. Acho que está tão acostumado a todo mundo ceder à sua vontade que não sabe como reagir quando começo a questioná-lo.

Ila derramou água sobre mim, e Aryana deu um sorrisinho ao pegar o sabão.

— Por que o questiona? — ela perguntou.

Dei risada.

— Por que alguém questiona? Para aprender. Minha vida toda vivi debaixo do teto de um homem que eu conhecia e entendia. Agora me vejo adivinhando e tropeçando no escuro. É desconfortável não ser capaz de prever a direção dos pensamentos dele. Passei os últimos sete dias concentrada na biblioteca dele. É um cômodo enorme e adorável com muitos livros. Quando começara, era uma bagunça. Será que ele pensa que reorganizei o cômodo adequadamente? Será que os livros estão na ordem correta? Deveria limpar o cômodo anexo ou ir para outra ala completamente diferente? Quando começo a fazer perguntas, recebo respostas irritadas como se o estivesse incomodando.

Percebi que começara a erguer a voz, então respirei fundo para me acalmar.

As mãos de Aryana massageavam os músculos de minhas costas enquanto eu tentava ignorar as mãos de Ila lavando minha parte da frente. O sorriso tolo de Ila me dizia que ela também sabia disso.

— Sou grata por não mais ser um fardo para Papai, mas penso por que meu empregador me quer lá se se incomoda em me dar ordens.

— Está no caminho certo — Aryana murmurou. — Faça perguntas; estude-o. Você vai aprender.

Ila me deu o sabão para que eu pudesse terminar de lavar enquanto ela pegava água para me enxaguar. Livre do sabão, segui-as para as tinas, de novo observando como elas andavam com tanta tranquilidade.

— Sou curiosa — eu disse hesitante.

— Claro que é. — Ila riu. — Se não fosse, não estaria nesta casa.

Sorrindo, assenti e concordei.

— Como andam por aí com tanta confiança e sem roupas? — perguntei quando cada uma de nós se acomodou em uma tina.

— E as roupas lhe dão confiança? — Aryana perguntou.

— Boa pergunta — eu disse ao refletir. — Suponho que elas escondam nossos defeitos.

Aryana se levantou de repente e abriu os braços.

— Você vê defeitos?

— Bom, não sou uma boa juíza — eu disse. — Não vi muitas mulheres nuas.

Aryana se sentou, rindo.

— Eu já vi, e vou lhe dizer que os homens que vêm aqui têm dificuldade em encontrar defeitos em membros ou no tronco. Eles só veem um corpo, e não a pessoa associada a ele. Então, usamos um véu que esconde a pessoa na qual eles poderiam encontrar defeito.

Continuei a pensar em sua resposta em silêncio. É assim que a fera queria me ver quando eu usava seus vestidos? Como um corpo, e não uma pessoa?

Cedo demais, ela insistiu que saíssemos da água e nos vestíssemos de novo.

Corri os últimos metros para a propriedade quando o sol desapareceu abaixo da linha das árvores. Eu estava chegando perto. O portão se abriu para mim, e voei pelo espaço sem diminuir a velocidade e colidi com a fera, que estava me esperando nas sombras da névoa.

— Voltei, como prometido — arfei quando dei um passo para trás e me abaixei para apoiar as mãos nos joelhos.

Em resposta ao meu anúncio, ele se virou e a ponta de seu rabo passou por meu rosto. Com uma careta, endireitei o corpo, segurei seu rabo e deixei que ele me guiasse, embora soubesse que poderia encontrar meu próprio caminho. O pelo de seu rabo estava arrepiado, e supus que minha volta tão próxima ao pôr do sol o tivesse preocupado.

Embora não gostasse de suas ameaças contra meu pai, sentia um pouco de pena da fera. Só conseguia imaginar o quanto sua vida era solitária dentro dos muros da propriedade.

Meu estômago começou a roncar antes de chegarmos à cozinha.

— Troque-se — ele ordenou depois de passarmos pela porta.

A névoa foi puxada de volta para o espaço pequeno onde ele andava de um lado para outro.

Sentindo que ele mal estava contendo seu humor, entrei nos aposentos dos criados e fechei a porta com delicadeza. A camisola que eu tinha retirado naquela manhã agora estava estendida na primeira cama. Com um suspiro, eu a coloquei e pensei novamente na lógica de Aryana.

Não queria que a fera me visse apenas como um corpo. Queria que me visse como uma pessoa, com defeitos e tudo. Afinal de contas, todos nós temos defeitos. Por que me colocar em uma posição onde o decepcionaria quando ele descobrisse que eu não era o que ele queria? Mas o que ele queria?

Sabendo que o enfureceria, mas relutante, coloquei a camisa por cima da camisola, usando-a desabotoada como uma capa. Quando abri a porta, ele rosnou alto mas não ordenou que a tirasse.

— Sente-se e coma — ele disse.

Na mesa, havia outra refeição completa similar a que eu tinha jogado nele. Desta vez, sentei-me graciosamente e consumi com educação o que estava diante de mim. Comi até meu estômago doer de tão esticado, então usei o guardanapo para limpar a boca. Com um suspiro satisfeito, levantei-me.

— Obrigada — eu disse.

— Por que está usando a camisa? Avisei você que a perderia se usasse aqui dentro — ele disse, ainda com mau humor.

— A camisola me faz sentir exposta e com frio — eu disse.

— Tire-a.

Fui até ele sem pegar na camisa. O arrastar de seu caminhar de um lado para outro se silenciou quando ele parou para me observar.

A névoa ainda obscurecia tudo, exceto seu contorno. Passando por ela, parei quando apenas um centímetro nos separava. A névoa tentou se acumular, mas estava muito perto para ele se esconder de mim. Olhando em seus olhos, calmamente retirei a camisa e a pendurei no braço. Então, inclinei a cabeça e analisei suas orelhas pontudas e peludas, seus dentes bem afiados expostos por seus lábios puxados para trás, e seus olhos azuis profundos avermelhados com raiva.

— Encarando a fera? — ele perguntou com um rosnado provocante.

— Encarando a Benella? — perguntei curiosa.

Ele bufou uma grande respiração que movimentou o cabelo solto da minha trança.

— Se quiser que fique despida para você, esteja preparado para se despir para mim — eu disse.

Ele desviou o olhar, suas garras arranhando profundamente o piso de pedra da cozinha.

— Faça como quiser — ele disse ao sair pela porta aberta. Bateu a porta logo que saiu.

Coloquei a camisa de novo e fui para o meu quarto. Sem hesitar, abri as portas duplas para o quarto dele e fui até seu guarda-roupa. Ali, selecionei uma nova camisa, muito maior do que a minha, e tirei minha camisola. Se eu fosse perder uma camisa, eu preferiria que fosse dele.

Bem enrolada em uma camisa chique de homem, aconcheguei-me sob as cobertas e imaginei o que a fera pensaria sobre a camisola e a camisa que eu deixara em seu guarda-roupa. Embalei no sono com um discreto sorriso nos lábios.

Após lavar o rosto, fui para o guarda-roupa e o vi repleto com uma variedade de vestidos finos mais uma vez. Fechei as portas e optei por andar pela mansão vestida com a camisa dele para ver o que ele tinha a dizer sobre isso. Embora cobrisse minhas pernas só até acima do joelho, me cobria melhor do que qualquer um daqueles vestidos.

A fera aguardava no corredor, como sempre, quando abri a porta, protegido por sua névoa densa.

— Bom dia. O que vamos fazer hoje?

— Faça o que quiser — ele disse baixinho.

Sua voz calma me surpreendeu. Estava preparada para outra bronca ou discussão.

— O que eu quiser? Não fica entediado de me seguir por todo lugar? — perguntei, seguindo para a biblioteca, escutando seus passos suaves atrás de mim.

— Isso não é da sua conta.

— O que exatamente é da minha conta?

— Ficar dentro da propriedade — ele disse imediatamente.

— A não ser que seja meu dia de partir, correto?

— É claro — ele disse, com a voz dura com agitação.

Parei de andar e me virei para encará-lo. Ficamos em pé no corredor largo do lado de fora da biblioteca. A névoa agia como uma barreira nos separando, mas eu o vi andar de um lado para outro dentro dela, iluminado por uma vela que foi rapidamente apagada.

— Você pretende me machucar? Agora ou algum dia?

Ele bufou.

— Não.

— Gosta de me observar, independente do que eu faça; e, quando o mês acabar, você pretende me tocar — eu disse como uma declaração. — Deixou claro que não quer que eu tenha medo de você. E me mantém alimentada e abrigada. Mesmo com isso tudo, sinto que fica cada vez mais bravo. — Continuei rápido antes que ele pudesse dizer algo. — Agora, eu admito, fiz várias coisas muitas, na verdade para contribuir com sua ira. Então fico pensando se minha presença está realmente sendo de algum valor para você. Sem dúvida, eu estou colhendo mais benefícios do que você. Por que me manter aqui?

Ele rosnou, e eu sabia o que ele estava prestes a falar.

— Eu sei. — Suspirei. — Não é da minha conta. Mas já pensou que, se compartilhasse comigo a razão da minha presença, eu poderia não ser tão difícil sobre o que exige de mim? Que talvez eu entendesse seus motivos e fizesse o melhor que posso para ajudá-lo em troca de todos os favores que tem me feito?

Minha lógica foi recebida com o silêncio.

Virei-me e entrei na biblioteca, escutando o arrastar de suas patas contra o chão.

Sem querer nada especial, olhei as prateleiras até um livro dourado em uma das prateleiras mais altas chamar minha atenção. Inclinando a cabeça para trás, encarei-o. Não tinha esperança de alcançá-lo.

— Pise na minha mão — a fera disse por detrás de mim.

Olhei para baixo e vi sua pata peluda estendida à frente.

— Não serei muito pesada para você erguer com uma mão?

Ele fez um barulho entre um grunhido e uma risada. Supus que ele fosse muito forte se conseguia jogar homens adultos por cima dos muros da propriedade. Chutei para tirar a sandália delicada e ergui o pé, segurando na estante para me equilibrar.

— O outro também — ele disse, oferecendo sua outra mão.

Fiquei em pé em suas mãos, e ele me ergueu com facilidade ao se mover para se levantar por completo de sua posição agachada de onde ele começou. Levou-me para mais alto do que onde estava o livro. Colocando uma mão na prateleira para me equilibrar, inclinei-me levemente para pegá-lo.

Ele me ergueu mais alto, e o livro continuou fora de alcance, então eu precisei me agachar mais. Revirei os olhos para seu jogo e tentei alcançar o livro de novo.

A língua dele passou na parte de trás da minha coxa, e eu congelei.

— Mudei de ideia. Gostaria de descer.

— Ainda não — ele sussurrou, erguendo-me mais.

Ainda em suas mãos, fiquei de cócoras e me virei para encará-lo. Flagrei-o com sua língua para fora para a próxima lambida, e ele lambeu meu rosto em vez de minha coxa. Nós dois olhamos um para o outro surpresos.

— Você prometeu — eu o lembrei. — Um mês. Sabe que isso é uma brecha em nosso acordo.

— Não mais do que a camisa.

Não pude discordar. Ele tinha me dito que queria, pelo menos, me ver se não poderia me tocar.

— Que garantia eu tenho de que não vá me tocar se me vir? Pensei que ver o corpo de uma mulher causasse — Balancei uma mão enquanto meu rosto se aqueceu. — Bom, pensei que aumentasse o desejo de um homem de tocá-la. Será que eu não estaria simplesmente me colocando em perigo?

— Não — ele disse com firmeza. — Se eu a vir, não precisarei tocar em você. Apenas dois dias por semana. No restante pode usar o que desejar.

Estreitei os olhos para ele. Por que a mudança em nosso acordo? Estávamos nos aproximando do verdadeiro motivo da minha presença?

— Por favor, coloque-me no chão. Preciso pensar nisso com calma.

Ele me colocou no chão imediatamente e me seguiu conforme eu fui me sentar na poltrona devagar. Permaneci quieta por muitos instantes, mantendo meus pensamentos para mim mesma, e ele começou, de novo, a andar de um lado para outro com agitação.

Andar por aí sem roupas poderia parecer desconfortável se não fosse por minha associação às Irmãs Sussurrantes. Para elas, parecia completamente natural e servia a um propósito. A qual propósito minha nudez serviria, se não fosse para seduzir, como era o delas? Eu não sabia, e não gostava de não saber.

Havia muitos momentos em minha vida nos quais eu tinha tomado decisões sem me basear em lógica ou preocupação com meu bem-estar, mas simplesmente baseada em curiosidade. Eu sabia que esse seria outro momento. Queria descobrir seu propósito. No entanto, havia algumas preocupações que não poderia deixar de lado.

— Vou concordar, mas tenho algumas condições e algumas perguntas que deve responder.

— Sem perguntas — ele disse com irritação.

— Vamos, você nem sabe quais são. Como pode negá-las? Até agora, notei muitos seres encantados por aqui. Os ninfos de madeira, o corvo. Tenho certeza de que há outros. Gostaria de saber se você pretende que eles me vejam nua.

Ele rosnou baixo, o barulho se tornando tão pronunciado que pareceu que o rosnado parou e começou em rajadas.

— Ninguém, além de mim, vai vê-la — ele disse.

— Viu? — Sorri um pouco. — Não são perguntas tão difíceis. — Posso escolher os dias?

— Sim — ele rosnou. Sua movimentação ficava cada vez mais agitada.

— Não estou convencida de que ficarei totalmente segura assim que começarmos a fazer isso. Se eu vou morrer na propriedade, quero que cuide da minha família.

Ele parou de andar e, através da névoa, eu o vi se virar completamente para mim.

— Você não vai morrer. — Então ele adicionou baixinho: — Mas concordo com seus termos.

— Então uma última coisa — eu disse, respirando com calma. Ele não iria gostar daquela condição, mas eu não fugiria disso. — Sem mais névoa. Preciso confiar que você não irá me machucar. Não consigo confiar no que mantém escondido de mim.

— Se me vir, vai confiar menos em mim.

Mordendo o lábio por um instante, esforcei-me para encontrar uma solução que funcionaria para nós dois.

— E se você ficasse algumas horas por dia sem a névoa para que eu pudesse conhecê-lo melhor?

Ele grunhiu, concordando, mas a névoa permaneceu. Não me importei. Confiança exigia tempo.

— Vá se trocar — ele disse de repente.

Ou talvez tempo não fosse algo que a fera quisesse admitir. Levantei-me relutante. Tinha concordado com os termos. A única preocupação que ainda tinha era com relação à forma como ele me tratava. Ainda assim, mesmo se alguma coisa acontecesse comigo como resultado de minha tolice, meu pai e minhas irmãs seriam beneficiados por isso.

Sem falar nada, ele seguiu meu progresso lento pelos corredores até chegarmos à minha porta.

— Escolha o que quiser do guarda-roupa. Sua escolha desta vez — ele disse.

Roupas? Pensei que ele quisesse que eu corresse nua por aí.

Entrei em meu quarto e me apressei para abrir as portas do guarda-roupa. Amontoados de cor-de-rosa horríveis preenchiam o espaço. Fiz uma careta quando tirei um. Bleye iria amar usar os vestidos que eu tinha. Esse amarrava na frente, e a saia em camadas cobriria todas minhas partes importantes, então não podia reclamar.

Suspirando, deixei a camisa cair no chão e coloquei o vestido por cima da cabeça, amarrando na frente. Depois de calçar as sandálias combinando, abri a porta e me virei para inspecionar.

— Esperava uma expressão mais feliz — ele disse com um tom confuso.

— Desculpe, só não estou acostumada a usar algo tão chique. — Tinha quase dito feminino.

— Esse é o objetivo. Fornecer coisas que você não poderia ter antes.

— E se eu gostasse das coisas que tinha antes? Bom, exceto a falta de comida. Eu gosto da comida daqui — adicionei rapidamente, esperando receber o café da manhã logo.

— Se pudesse usar qualquer coisa que desejasse — ele perguntou devagar —, o que vestiria?

Sorri e respondi rapidamente.

— Calça e uma camisa grossa.

— Mesmo dentro de casa? — ele perguntou.

Assenti e imaginei o que ele pensava da minha preferência. Não me deixou esperando muito.

— Eu preferiria que usasse vestidos e, no futuro, vou lhe oferecer opções que talvez ache mais atraentes do que o que está usando agora. Se achar que não consegue se adaptar a eles, vamos ver se não há, talvez, algum tipo de calça que eu possa tolerar. Não tenho problemas com as camisas.

Suas palavras me alegraram.

— Venha, há comida esperando você.

Passei o resto do dia perambulando pela mansão e fazendo perguntas à fera sobre os vários cômodos. Frequentemente, ele não respondia ou me dizia que não era da minha conta, mas fazia o esforço de clarear a névoa quando falava comigo, e seu rosnado se amenizou conforme o dia passou.

Na manhã seguinte, um vestido diurno simples sem laço ou outros adereços me aguardava escondido entre as muitas outras opções no guarda-roupa. A cor marrom monótona me fez sorri quando o tirei de suas companhias enfeitadas com laço.

Quando saí do quarto, a fera não disse nada. Ele me seguiu até a cozinha. Agora, a qualquer momento que eu entrava na cozinha, algum tipo de comida me aguardava na mesa. Naquele instante, havia ovos e fatias grossas de bacon com cogumelos e tomates cozidos na bandeja.

— Nunca o vejo comer — eu disse ao me sentar na cadeira. — Quando come?

— Depois que você dorme.

Observei seus olhos quando ele respondeu e os vi olharem para o bacon.

— Parece um bom tempo sem comida. — Pegando uma fatia de bacon, segurei para ele. — Aqui — ofereci, segurando-a.

Ele se moveu com rapidez, esticando-se de sua névoa e pegando-o dos meus dedos em uma mordida que me deixou com os olhos arregalados.

— Não sou um animal de estimação manso — ele disse.

— Obviamente — eu disse, rindo. — Um animal de estimação teria lambido meus dedos em agradecimento.

Ele fez um barulho sufocado, mas eu não olhei para cima ou lhe ofereci outra mordida.

Depois de comer toda migalha de meu prato, levantei-me com um suspiro satisfeito.

— Há uma bolsa aqui que eu poderia usar? Como a que eu costumava ter? — Antes de ele me retaliar, pensei com tristeza. — Gostaria de andar ao longo do muro hoje e queria alguma coisa para guardar as coisas que encontrar.

— Olhe dentro do quarto dos criados.

Peguei a bolsa que eu sabia que estava lá e segurei a porta para ele conforme saímos. Passamos o restante do dia andando ao longo do muro, e ele passou a maior parte do tempo sem sua névoa.

Três

Acordei com um barulho no meu quarto e me sentei de repente. A fraca luz da lua e o fogo se apagando lançavam sombras no quarto, e eu não conseguia ver mais do que vagas formas.

— Sir? — chamei com o coração acelerado.

Tudo permaneceu quieto, embora soubesse que alguma coisa tinha me acordado. Fiquei paralisada por muitos minutos até ouvir o barulho de novo. Um rasgo e um rosnado do outro lado da porta fechada.

Saí da cama e andei de ponta de pé até a porta da fera conforme os barulhos continuavam do outro lado. Com cautela, puxei a maçaneta e a porta se abriu com facilidade. O fogo queimava no quarto; e, com a luz, vi sua forma massiva deitada na cama. Ele se chacoalhava, suas garras rasgando o colchão conforme ele lutava com um inimigo inspirado pelo sonho.

— Sir? — sussurrei de novo.

Ele se virou de costas, e sua luta se acalmou um pouco, mas eu vi suas mãos ainda retorcidas. Aproximando-me da cama, tentei alcançá-lo para acariciar o pelo de seu braço. Seu pelo se arrepiou por completo, um indicativo de seu humor.

Quando olhei para seu rosto, vi o brilho de seus olhos conforme ele me observava.

— Um sonho o perturbou — mal sussurrei, pensando se ele iria rugir para mim pela invasão. Em vez disso, ele fechou os olhos; então continuei a acariciar seu pelo. Quando o pelo de seu braço se acalmou gradativamente, mudei para sua cabeça onde o pelo ainda estava arrepiado de maneira selvagem.

Ele suspirou alto, passou um braço em volta de mim e me puxou para sua cama. Quando me deitei, uma nuvem de penas irrompeu à nossa volta. Dei um gritinho de surpresa e pavor. Não queria ficar na cama dele, só tinha pensado em acalmar sua mente perturbada.

— Fique até eu dormir — ele disse, fechando os olhos.

Relaxei um pouco e me mexi nas penas soltas para, de novo, passar os dedos por seu pelo da cabeça. Não muito depois, senti seu corpo relaxar e sua respiração se aprofundar.

A fera me deixava confusa. Durante o dia, eu atribuía sua ira ao seu isolamento já que ele só tinha a mim como companhia. Quando eu me retirava toda noite, tinha pensado pouco no que ele fazia. Mesmo assim, deveria ter adivinhado. O estado de seu quarto no meu primeiro dia deveria ter me dito o quanto suas noites poderiam ser perturbadas.

Uma pena fez cócega no meu nariz, e a soprei de leve. Que pensamentos o atormentavam tanto que ele buscava destruir o conforto e a extravagância ao seu redor?

Com cuidado, para que não o acordasse, arrastei-me para o lado da cama e toquei levemente os pés no chão.

— Ela nunca vai me libertar — ele murmurou e rolou de lado.

— Quem? — sussurrei.

Ele não respondeu.

Olhando para ele, vi que ele ainda estava dormindo. Saí de seu quarto, deixando um rastro de penas. Demorei para dormir de novo.

Endireitando os ombros, joguei a camisa da fera no chão e desmanchei minha trança.

Depois de seu comentário na noite anterior, resolvi que aquele seria o primeiro dia para cumprir nosso novo acordo. Ele me deixaria usar roupas adequadas por dois dias e permitiria que o visse sem a névoa. Mas foi a noite anterior, vê-lo tão perturbado por qualquer sonho que fosse, que me fez mudar de ideia. Ele tinha muitos segredos, e ninguém para confiar para contá-los. Eu não sabia se queria ser sua confidente, mas também não gostava de ficar no escuro. Esperava que, ao cumprir minha parte do trato, o deixaria solícito para algumas perguntas. Eu queria saber quem não iria libertá-lo e do que ele queria ser libertado.

Ao pentear meu cabelo diante do espelho, comecei a tremer. Isso nunca daria certo. Eu tremeria o dia inteiro e acordaria doente na manhã seguinte, pensei. Mesmo assim, sabi que se não tentasse cumprir minha parte do nosso novo trato, eu me veria vestida com as roupas de sua escolha de novo. Respirando para me acalmar, passei as mãos por meu cabelo. Solto, chegava à minha cintura e poderia servir para me esconder um pouco se eu quisesse. Mas eu não usei assim.

Com um último olhar preocupado para mim mesma, parei de olhar no espelho. Cada passo que eu dava me fazia duvidar e, quando cheguei à porta, minha mão tremia.

Parei e dei uma respirada fortalecedora antes de colocar a mão na maçaneta. Abri a porta.

No corredor, a fera olhou para cima de seu lugar normal de espera. Sem a névoa, eu vi o choque no rosto dele. Antes de eu piscar, uma nuvem de tempestade de névoa irrompeu ao redor dele, enrolando com uma intensidade que remexeu o ar à minha volta.

— Não se mexa — ele disse.

Fiquei congelada com a mão ainda na maçaneta da porta. Sua reação e a violência da tempestade que o rodeava tiraram a minha pouca coragem. Meus membros tremeram de frio e medo. Muitos minutos se passaram e a névoa não se acalmou.

— Bela — ele rosnou. — Vá e vou seguir você.

Minha voz falhou da primeira vez que tentei falar. Depois de limpar a garganta, consegui sussurrar.

— Eu iria, mas com medo e frio, estou tremendo muito. Posso tentar de novo amanhã?

— Não. — A única palavra soou como um pedido desesperado. — Vou encontrar você na biblioteca. Junte-se a mim quando estiver pronta.

Ele saiu rapidamente, deixando-me atordoada e grudada na porta. Não sabia o que iria me aguardar, mas não foi a tempestade perturbadora que o rodeou. O fato de ele me deixar sozinha assim que mencionei meu medo ajudou a me acalmar.

Voltei para meu quarto e procurei no guarda-roupa algo para me cobrir. Estava vazio. Até a camisa que eu tinha jogado no chão havia desaparecido.

Abraçando-me, estremeci e, de maneira bizarra, andei nua pelos corredores até chegar às portas da biblioteca. Elas estavam entreabertas e brilhava com luz laranja. Lá dentro, escutei o barulho de uma lareira grande. Coloquei a cabeça para dentro mas não vi sinal da fera. Ou de sua névoa. No entanto, as cortinas estavam fechadas, dificultando ver muito longe no cômodo além do círculo da luz da lareira.

Entrando rapidamente, fiquei diante da lareira e ergui as mãos para me aquecer. Parecia que a temperatura lá dentro tinha caído severamente desde que eu me revelara.

Um sussurro de barulho me fez virar. Uma grande nuvem preta se agitou a apenas centímetros de mim.

— Coma — ele disse grosseiro.

Só então notei a bandeja com todo doce que poderia imaginar. Meu estômago roncou. A bandeja estava sobre a mesa baixa, e eu não queria me inclinar para pegar.

— Eu poderia ver você, por favor? — sussurrei.

Quando ele tinha se mostrado durante aqueles breves períodos nos últimos dias, sempre parecera calmo. O ar negro à sua volta não indicava calmaria. Eu precisava saber o que significava.

— Não — ele disse com uma voz surpreendentemente gentil. — Coma. Não tenha medo de mim. Está segura.

Olhei para a bandeja. Tudo nela me apetecia, mas parecia uma armadilha.

Respirando para me fortalecer, estiquei-me para pegar uma massa folhada coberta com açúcar e recheada, ignorando os morangos e as uvas. Mantive os olhos fixos na nuvem o tempo todo, mas nada mudou. Ela ainda rodopiava na mesma posição. Continuei minha análise desconfiada conforme dei minha primeira mordida. O açúcar derreteu na minha língua, e o gosto me distraiu temporariamente.

A névoa foi para longe de mim. Observei, surpresa, quando ela se espalhou pelas prateleiras e pegou o livro dourado que eu queria ler há muitos dias. A fera voltou à poltrona e colocou o livro nas almofadas para mim.

— Relaxe — ele encorajou. — Leia.

— Eu preferiria não ler — eu disse, sem querer virar de costas para ele.

Ele não ficou tão chateado quanto eu esperava. Em vez disso, pareceu sentir que causava meu desconforto porque foi para trás do sofá até o canto perto da primeira janela fechada pela cortina.

— Por favor, sente-se — ele disse em um tom mais firme.

Terminando de comer meu folhado, lambi os dedos e peguei o livro. Sentei-me como ele mandou e tentei ler. Achava um absurdo sentar ali nua enquanto segurava um livro, e me lembrei da minha primeira visita à sala de aula de Papai nas Irmãs Sussurrantes. Será que ele tinha se sentido assim em uma cadeira diante de um grupo de mulheres nuas? E elas? Pensei se ficava mais fácil quanto mais tempo passavam juntos.

A chama mantinha o cômodo aquecido o suficiente para eu não tremer, mas começou a aquecer demais a bandeja de comida. Olhei para cima e vi uma umidade brilhante na fruta, e peguei várias. A acidez das uvas e a doçura dos morangos se complementavam. Quando os comi, voltei a ler. Tinha apenas conseguido ler algumas páginas quando meus olhos se desviaram para os folhados. O calor do fogo os aquecera tanto que cheiravam como recém-assados.

Olhei para a névoa, mas ela continuou do mesmo jeito. Desde que se sentou, ele não tinha emitido nenhum som.

Estiquei-me para a frente e peguei outro folhado da bandeja. A tortinha era menor que a minha mão. Mordi devagar e li.

O livro dourado continha uma compilação de poesia de muitos autores. A maioria dos poemas me irritavam, pois eram relatos chorosos de tolos atingidos pelo amor, mas alguns me faziam pensar muito e exigiam uma releitura. Após muitos capítulos, deixei o livro de lado e olhei para a névoa.

— Preciso de um instante — eu disse baixinho, esperando que ele entendesse.

Ele não se mexeu, então me levantei e saí com rapidez da biblioteca. Pensei em correr até o quarto dele e pegar uma camisa, mas respirei algumas vezes e voltei para o meu quarto a fim de usar o penico.

Longe do fogo, comecei a tremer de novo. No entanto, o frio não me fez ter pressa, e meus dentes estavam batendo quando voltei à biblioteca.

Olhei da porta apenas para ter certeza de que a fera não tinha se mexido. A névoa ainda estava enrolada no canto. Entrei e fiquei diante do fogo, dizendo a mim mesma que ele estava apenas dormindo e não me notaria. Gradativamente, os tremores cessaram, e me sentei na poltrona de novo. Havia outra comida na bandeja, carne resfriada de um pássaro e legumes macios cozidos.

Fui até as prateleiras para procurar um livro diferente. Já que tinha me interessado por agricultura, resolvei ler sobre agronomia. Achei engraçado, já que eu estava sentada com uma fera enquanto o lia.

Perdendo a noção do tempo, dei um pulo quando a névoa se moveu em minha direção, mexendo a mesa. Bloqueou por um tempo a vista do fogo. O estalo de uma tora e a crepitação de novas chamas explicaram por que ele se movera. Não tinha pensado em alimentar o fogo. Com a mesa bem perto, recostei-me na poltrona e mastiguei enquanto lia.

Horas mais tarde, descruzei as pernas, as quais eu cruzara debaixo de mim em algum momento e me estiquei com um enorme bocejo. A bandeja de comida não estava mais na mesa, e o fogo estava acabando de novo. Lembrei-

-me da fera se movendo várias vezes para adicionar lenha, mas ele permanecera no canto na última hora.

Além de alimentar o fogo, ele não se movera ou falara comigo em nenhum momento. Ainda não me sentia confortável sem roupas, mas não estava mais com medo.

— Venha — ele disse baixo. Soou tenso. — Vou acompanhar você até seu quarto.

Guiei o caminho pelo corredor, sentindo seu olhar aguçado, e tentei não correr. Quando chegamos à porta, ele entrou comigo. Havia outra bandeja com uma tigela de sopa fumegante. Eu ainda estava cheia da última bandeja, embora a luz cor-de-rosa do pôr do sol irradiasse pelas janelas.

— Obrigado por hoje, Benella. Talvez amanhã seja capaz de recompensá-la como merece.

Virei e o vi sair e fechar a porta.

O dia não tinha sido como eu esperara. Por causa da lição que Aryana e Ila me deram, eu tinha me imaginado correndo dele quando suas energias reprimidas fossem demais. No mínimo, eu pensara que ele iria sair para encontrar a ninfa de madeira.

Abri o guarda-roupa e encontrei a camisa que tinha pego dele e a vesti, grata por finalmente estar coberta.

A fera não aguardava no corredor na manhã seguinte quando saí de meu quarto, usando outro vestido simples. Pensei que ele pudesse estar cansado da minha companhia depois do dia anterior. Eu também teria ficado entediada de me ver ler.

Andando pelos corredores silenciosos, cheguei à cozinha preparada para passar o dia do lado de fora. Embora amasse livros, eu também adorava estar ao ar livre. Quando tinha olhado pela minha janela, o sol estava aparecendo pelas nuvens modestas da manhã, prometendo um dia ameno.

Entrei na cozinha gelada e olhei surpresa a mesa vazia. A fera andava de um lado a outro diante da porta, seu mau humor aparente em seu pelo e seus dentes à mostra, os quais ele escolheu não esconder de mim. Ele murmurava para si mesmo baixinho até eu falar.

— Sir?

Sua cabeça virou rápido em minha direção como se estivesse surpreso.

— Temo que ontem não tenha servido para nada — ele rosnou baixo.

Fiquei quieta, esperando que ele fornecesse mais informação.

— Em punição à minha tentativa falha, ela bloqueara minha habilidade de controlar a magia deste lugar já que não consegui controlar

Ele jogou a mesa em uma explosão violenta. A madeira se partiu sob a fúria de suas garras devastadoras e um pedaço voou na minha direção. Horrorizada, observei-o voar. O pedaço de madeira atingiu meu rosto logo acima da linha da mandíbula, ardendo ao arrancar pele antes de cair ao chão.

Arfei e pressionei uma mão no rosto. O barulho penetrou seu ódio o bastante para que pausasse sua destruição. Sua respiração irregular preencheu o cômodo ao mesmo tempo que as lágrimas encheram meus olhos, mais de raiva do que de dor. Meus dedos estavam quentes e molhados, e afastei a mão o suficiente para ver o sangue.

Sem dizer uma palavra, fui até ele. Seu olhar bravo encontrou o meu.

— Você me machucou — eu disse simplesmente. Virei-me e abri a porta que dava para fora.

Ele não fez menção de me seguir.

Marchei pelo gramado e fui até o portão enquanto pensava que nível de estupidez tinha se apossado de mim para pensar que poderia realmente causar uma influência positiva na fera. Era culpa da árvore. Ensiná-lo, ela tinha dito. Algumas criaturas não conseguem aprender gentileza, paciência ou civilidade.

As lágrimas escorriam por meu rosto, e tropecei na raiz de uma árvore. O corte queimava agora, mas não mais do que eu merecia por minha presunção. Estava muita certa de que conseguiria descobrir o quebra-cabeça que rodeava a fera.

Um rugido soou detrás de mim, tirando-me dos pensamentos e me fazendo ver todas as videiras e raízes das árvores à minha volta se agitarem de maneira bizarra. As raízes no caminho à frente se grudaram no chão como se estivessem tentando facilitar minha passagem. Que bom, pensei, me apressando. Atrás de mim, a fera rugiu de novo. Desta vez, soou mais como um xingamento. À frente, os portões se moveram, escancarando-se. Quando passei por eles, a fera rugiu meu nome.

Ao longe, o chacoalhar de uma carroça vazia reverberou pelas árvores. Apressei os passos e, muitos minutos mais tarde, meus pés amassavam o cascalho da estrada que ia para Ponte. Acabando de rodear Konrall, uma carroça dirigida por Henick diminuiu a velocidade para não bater em mim.

Henick sorriu e ordenou baixinho para seus cavalos ao puxar as rédeas.

— Benella, o que está fazendo aqui? Pensei que tivesse partido com sua família para morar em Ponte Inundada.

O sorriso familiar e amigável dele provocou uma onda de alívio em mim assim que a fera rugiu, de novo, meu nome. A boca de Henick se enrugou quando ele me observou atentamente.

— O que aconteceu? — ele perguntou com verdadeira preocupação.

— Desculpe pedir isso, mas posso ir com você para Ponte? Tive um confronto com a fera. — Melhor ele pensar que a fera sabia meu nome por causa de uma invasão do que uma estadia prolongada.

— Claro. — Ele freou e pulou de seu assento para me ajudar a subir.

— Esse corte parece profundo — ele disse quando me sentei. Puxou um lenço quadrado limpo do bolso e, esticando-se, usou um odre para molhá-lo antes de me entregar. — Pressione isso no corte.

Peguei o lenço e o pressionei na minha bochecha enquanto ele subia de volta e cutucava a equipe para entrar em ação de novo. Os rugidos da fera diminuíram conforme nos afastamos. Mantive o olhar desconfiado nas videiras, mas elas continuaram dormentes.

— O que está fazendo tão longe de casa? — ele perguntou.

Suspirei e lhe disse o máximo da verdade que eu poderia.

— As coisas não estavam indo bem em Konrall então Papai nos mudou para Ponte, mas a casa lá é muito pequena. Por isso ele queria que Bryn e Blye se casassem. Mas não as forçaria a tomar uma decisão que não estavam preparadas para tomar. Assim, todos nos mudamos para uma casa de um quarto. Estamos com dificuldade para comer.

Pensei que pudesse conseguir alguma coisa perto da propriedade como eu costumava fazer.

Ele assentiu.

— Bryn se casou?

— Não.

— Eu fiz uma oferta por ela — ele disse.

Assenti e virei o lenço do outro lado, esperando um lugar mais frio.

— Acha que ela pode reconsiderar?

Suspirei, pensando em seus problemas atuais.

— Talvez. Mas deve saber que ela colocou as esperanças em um homem que a deixou sem promessas, apenas com um bebê.

— Filhos são uma benção — Henick disse com firmeza.

Esperava que Bryn abrisse os olhos se Henick lhe propusesse de novo.

A carroça fez barulho ao parar diante da pequena cabana, e Henick rapidamente saltou para me ajudar a descer. Meu rosto latejava, então acenei para ele em direção à porta da frente conforme dei a volta para pegar água mais fria do poço.

Quando entrei pela porta dos fundos, só flagrei a resposta de Bryn à pergunta de Henick.

— Não quero depender de agricultura e raspagem de uma temporada a outra. Agora que estou em Ponte, vejo o quanto gosto da vida na cidade. Planejo casar para subir, não para descer.

Henick assentiu e se virou sem dizer nada. Bryn fechou a porta, virou-se e me viu parada ali com a boca aberta. Sem dizer nada, ela foi para seu quarto e fechou a porta. Corri para a porta da frente e a abri, chamando Henick assim que ele fez menção de subir na carroça.

Ele parou e me esperou correr até ele.

— Você deveria manter isso no corte — ele disse baixo, pegando o lenço da minha mão e levando-o até meu rosto.

— Ela é uma tola — sussurrei duramente, ergueu a mão para seu rosto recém-barbeado. — Casar-se com você seria subir independente que tipo de vida sua esposa vai levar. — Inclinei-me para a frente e beijei a face oposta daquela que eu tocava.

Ele sorriu e pegou minha mão para pressioná-la contra o lenço no meu rosto.

— Sinceramente, a resposta dela não me incomoda. Quando soube que duas das irmãs Hovtel iriam se casar, eu esperava que uma delas fosse você. — Ele me deu um beijo casto na bochecha. Um rubor começou onde seus lábios tinham tocado e se espalhou.

— Fale para seu pai me contatar quando for a sua vez. Eu ficaria grato em ser o primeiro a propor.

Quando ele se virou para subir, encontrei minha voz.

— Por que esperou que fosse eu? — perguntei.

— Nós, meus irmãos e eu, pensamos que você pudesse finalmente estar pronta para notar que existíamos — ele disse, sorrindo para mim.

Que coisa esquisita de se dizer, pensei.

— Claro que eu sabia que vocês existiam.

Ele apenas sorriu mais.

Eu não sabia como responder a isso, então, em vez disso, escolhi mudar de assunto.

— Seu pai algum dia levou vocês para pescar depois de nossa visita? — Se possível, ele sorriu ainda mais.

— Levou, e foi a melhor pescaria. Mamãe secou o que não conseguimos comer naquela noite e disse que daria uma boa sopa no inverno. Ele também recebeu sua carta e enviou uma resposta ao seu pai. Ele zomba de Mamãe sobre querer pegar um corvo para treinar levar recados. — Seu sorriso diminuiu um pouco. — Pode parecer que vivemos de temporada em temporada, mas não raspamos. A terra que Papai está arrumando será para construir uma casa para o primeiro filho que se casar.

— Se encontrar alguém antes da minha vez, ela terá sorte em ter você — eu disse baixinho e recuei um passo.

Ele balançou as rédeas e saiu.

Em vez de entrar, comecei a descer a rua atrás dele, andando na poeira que ele deixava. No teto do vizinho, um corvo crocitou e bateu o bico para mim.

— Quieto — murmurei, sem querer saber de nada da fera ainda.

Coberta com uma capa, Ila estava em pé na porta quando dei a volta na casa.

— O que aconteceu? — ela perguntou e acenou para o guarda me ajudar.

Ele, respeitosamente, deu um passo em minha direção, mas ergui uma mão, gesticulando para ele ficar.

— Estou bem. Estou aqui porque preciso falar com alguém que ainda tenha um pouco de sanidade.

Ela ergueu a mão e me ajudou a subir os degraus restantes. Com a porta fechada, ela tirou a capa e me levou junto. Em vez do porão, ela se virou para o corredor à direita. Aryana aguardava lá dentro em um quarto limpo com uma cama estreita.

— E então? — ela disse gentilmente.

— E então o quê?

— O que aconteceu com seu rosto, querida?

— Oh. Descuido. Um pedaço de madeira. — Tirei o lenço e lhe mostrei.

Ela fez — tsc — e gesticulou para eu me sentar na cama. Usando um pano limpo de uma tigela com água fresca em cima da mesa próxima, ela lavou o ferimento e tirou uma farpa solta da pele.

— Eu diria que deveríamos costurar, mas temo que possa haver mais farpas. Se as costurarmos aí dentro, se transformará em uma infecção. Melhor deixar curar sozinho. Provavelmente vai deixar uma cicatriz evidente.

Assenti distraída, pensando no comentário de Henick. Sempre reparara nele e nos irmãos quando eles vinham para a cidade. Eram um bando alegre que nunca deixava o padeiro ou os Coalre incomodá-los. Quando eles sorriam e me cumprimentavam, eu sempre sorria em resposta.

Franzindo o cenho, percebi que nunca tinha realmente dito nada como resposta. Na verdade, pensando bem, percebi que eu falava muito pouco, satisfeita com meus próprios pensamentos e observações. Comparei-me à fera. Ele não falava o que estava pensando, e isso me frustrava. Será que era assim que Henick se sentia quando eu fizera a mesma coisa com ele? Raramente eu falava o que estava pensando. Só quando conheci a fera que comecei a falar o que pensava. Mesmo assim, eu ainda guardava tudo para mim mesma, como agora.

Senti o olhar curioso de Aryana.

— Encontrei um amigo na estrada que me deu uma carona em sua carroça. Ele fez um comentário curioso. Disse que pensou que talvez eu estivesse pronta para perceber que ele existia. — Encontrei o olhar de Aryana. — Sempre soube que ele estava lá. Nunca falei realmente com ele, mas sempre sorri em resposta quando ele me cumprimentava. Será que ele pensa que eu o ignorava?

Ila deu uma risada rouca e saiu do quarto. Aryana se sentou ao meu lado e pegou minha mão. Interrompi o que quer que ela estivesse prestes a dizer com outra pergunta.

— Não é desconfortável se sentar com a bunda nua? — Ruborizei quando percebi o que tinha dito.

Ela sorriu por detrás do véu.

— Parece que está falando por experiência própria.

— A curiosidade será o meu fim — eu disse, forçando uma piadinha.

— Sim, é desconfortável no começo. Então eu acostumei, e nem reparo mais. Quanto ao seu amigo, acho que ele quis dizer que você nunca o viu da maneira como uma mulher vê um homem.

— Isso é tolice. Eu me lembro de pensar que ele era bonito da primeira vez que o vi.

— E? — ela perguntou.

— E o quê? — perguntei confusa.

— Ele fez seu coração flutuar ou suas entranhas se derreterem?

— Não — eu disse devagar. — Isso parece desconfortável.

Ela deu risada e deu tapinhas na minha mão.

— E é, mas de uma forma agradável. Venha, vamos avisar seu pai que está aqui. Ele vai querer ficar com você.

Papai e eu descemos a rua do Mercado juntos enquanto eu lhe contava a chegada oportuna de Henick e a segunda rejeição de Bryn à sua oferta. Conversamos sobre o sucesso de Blye em relação à criação de vestidos e sua conversa sobre abrir sua própria loja no sul. Eu sabia que isso significava que ela escondia sua moeda e senti pena de Papai.

Ele não falou nada sobre o corte no meu rosto, mas eu sabia que se preocupava.

Conforme as ruas se encheram de pessoas, Papai suspirou e disse que precisava voltar ao trabalho. Percebi que eu não tinha para onde ir. Não poderia retornar às Irmãs, já que agora elas estavam aceitando clientes, e não queria enfrentar Bryn depois de ouvir sua resposta mal-educada.

Dei um abraço de despedida em Papai e comecei a andar de volta para a propriedade.

A fera aguardava no interior do portão, sem tentar se esconder.

— Você voltou — ele disse aliviado quando entrei pelo portão.

— Claro — eu disse rígida. — Não iria querer que arrastasse meu pai de sua cama esta noite se não voltasse.

Passei por ele na direção da mansão, mas ele segurou minha saia e me girou.

— Desculpe por ter machucado você — ele disse grosseiro. — Deixe-me curar.

— Não. Quero que apareça como um lembrete para você. Eu sou uma pessoa, não um objeto que vai suportar sua fúria e se consertar. Não faço parte desta propriedade.

— Não vou esquecer de novo.

— Perdoe-me se não acredito em você. — Puxei minha saia de suas garras e ouvi um rasgo. Sem me importar, comecei a andar de novo, mas fui puxada novamente.

— Não estou pedindo. Fique parada para que eu possa curá-la.

Virando-me devagar, olhei para ele e cruzei os braços. Ele se aproximou nas quatro patas, um olhar arrependido.

— Volte a me dar camisolas finas. Não vou mais ficar diante de você sem roupas.

— Feche os olhos — ele ordenou como se eu não tivesse falado.

Expirando brava, fechei os olhos. A primeira passada de sua língua na minha mandíbula doeu, mas a dor se esvaiu a cada lambida seguinte.

Quando ele parou, abri os olhos e vi a névoa preta nos rodeando, densa demais para ver através dela. Alguma coisa passou pela minha clavícula. Uma articulação, talvez? O toque gentil conflitava com a névoa agitada.

— Rose, a feiticeira, lançou um feitiço em mim, e eu esperava que, com sua ajuda, fosse libertado ontem à noite.

Ele se virou de costas e, rapidamente, corri para alcançá-lo, segurando seu rabo. Minha curiosidade superava minha braveza com ele.

— Como posso ajudá-lo a se libertar?

— Preferiria conversar lá dentro — ele disse baixinho.

A caminhada pareceu demorada. Quando ele entrou na cozinha, percebi que a mesa ainda estava partida, mas havia um pão em um pedaço dela com uma cadeira ao lado.

— Sente-se e coma — ele ordenou.

— Você vai me contar? — perguntei, indo até a cadeira.

— Ela exige uma noite de prazer — ele rosnou, obviamente agitado.

— E esse é o problema? — Depois de vê-lo com a ninfa de madeira, não sabia como poderia ser um problema.

— Sim. Se consegue se lembrar, ela é desfigurada e velha — ele respondeu secamente.

— Eu a conheci?

— Duas vezes. Levei você à cabana dela quando bateu a cabeça, e ela trouxe remédio quando você estava doente.

Lembrava-me vagamente da velha com dentes faltantes.

— Como posso ajudar?

— Se eu conseguisse fechar os olhos e imaginar outra pessoa, pensei que pudesse ter uma chance. Funcionou até minha primeira

Esperei que ele continuasse, mas não o fez.

— Sua primeira o quê?

— Esqueça — ele rosnou. — Eu deveria saber que não seria tão fácil.

Comi em silêncio por muitos minutos.

— Você está preso aqui e a única maneira de se libertar é dar à feiticeira uma noite de prazer — eu disse, resumindo, mais para meu benefício do que o dele. — Há quanto tempo está aqui?

— Mais de cinquenta anos.

— Tem tentado lhe dar prazer toda noite por mais de cinquenta anos? — perguntei desacreditada.

— Não toda noite. Há muitos anos, ela limitou a duas vezes por semana.

Senti-me um pouco amuada por ele e entendi por que ele queria fechar os olhos e imaginar outra pessoa. Mas por que eu?

— Para mim, parece que, se tem tentado a mesma coisa por mais de cinquenta anos e vem tendo os mesmos resultados decepcionantes, deveria tentar algo diferente.

Ele suspirou.

— É por isso que você está aqui. Agora, não desejo mais falar sobre isso.

Imediatamente, entendi muito bem meu papel, mas duvidei que olhar para mim o dia todo fosse suficiente para armazenar energia a fim de garantir uma noite inteira dando atenção à velha. Mas, graças às irmãs, eu tinha mais algumas ideias.

— Mais uma pergunta — eu disse.

Ele assentiu relutante.

— Vai permitir que eu o ajude?

— Já permiti.

O humor em seu tom era inconfundível, e eu sabia que ele estava falando sobre andar nua no dia anterior.

Quatro

— Não. Posso ajudá-lo de verdade — eu disse.

A primeira coisa que eu precisava fazer era acalmá-lo. Seu ódio era perigoso para mim e, sem dúvida, desvantajoso para sua meta de se libertar. No entanto, senti que as técnicas das irmãs para relaxamento muscular, de acordo com a reação de Glen, poderiam levar a outra fuga pela floresta. Talvez um banho, então?

Olhei para a fera e o vi me observar de perto. Seu pelo grudava em lugares esquisitos e havia uns calombos em seu rabo. Com certeza, ele precisaria ser convencido a entrar em uma tina.

Levantei-me e marchei até ele, inclinando-me para cheirar.

— Você precisa de um banho — eu disse. — Venha. Acho que vai caber em umas das tinas da lavanderia.

— Não vou tomar banho.

— Eu vou ajudar — eu disse.

O mundo girou, e me vi pendurada em suas costas. Assim que ele se lançou para a frente, segurei seu pelo e enrosquei as pernas em sua cintura. Ele correu fazendo algumas curvas e, de repente, estávamos na lavanderia.

Deslizando de suas costas, sorri para a fera.

— Isso foi divertido. Mas esperava ter fogo e água quente ao chegarmos.

— Acho que mencionei que ela bloqueou minha habilidade de usar magia.

— Não importa — eu disse ao me inclinar para acender o fogo.

Atrás de mim, eu o escutei erguer recipientes grandes para encher de água. Trabalhamos juntos por um bom tempo até enchermos uma das tinas com metade de água fervente.

— Entre — eu disse.

Ele se virou de costas para mim e entrou na água com um gemido. Rapidamente, derramei outro balde de água mais fria para que ele pudesse se sentar. Ele suspirou quando submergiu até o peito, com os joelhos abertos.

Peguei um regador e molhei todo seu pelo, começando a ensaboá-lo. Assim que seu pelo estava emplastrado na pele, pude sentir com facilidade os músculos rígidos. Eles me distraíram do meu objetivo e, quando percebi, estava passando as mãos ociosamente por sua extensão. Relembrando-me da instrução de Ila, comecei a lavá-lo, esfregando a tensão de seus músculos e seu tronco.

Depois de enxaguar suas costas, fui para a lateral da tina e o encorajei a erguer, primeiro, uma perna, depois a outra, para fora da água. Ele me analisou enquanto eu trabalhava. Eu também prestava bastante atenção nele, pronta para fugir se ele demonstrasse qualquer sinal de energias reprimidas.

Com a desculpa de estar esfregando, massageei os músculos de sua panturrilha e o máximo que consegui de cada coxa até onde alcançava debaixo da água. Muitas vezes, me deparei com alguma coisa sob as profundezas sombrias, mas não sabia se era seu pênis ou seu saco. De qualquer forma, a pele não era firme, então continuei a me esforçar a aliviar sua tensão.

Não falei enquanto trabalhava, preferindo adotar o silêncio das irmãs. Isso me deu uma oportunidade de pensar em como trazer à tona o assunto de suas tentativas falhas com Rose e o que ele poderia tentar de diferente. Eu esperava que, depois do banho, ele estivesse mais aberto a sugestões.

Quando fui para a cabeça dele, ele gemeu e apoiou a nuca contra a beirada da tina. Manteve os olhos fechados e os braços relaxados na beirada da tina enquanto eu massageava, e tive certeza de que havia sido bem-sucedida ao acalmá-lo.

Após enxaguá-lo pela segunda vez, ele se levantou e se chacoalhou, jogando água para todo lado. Arfei de surpresa e me senti duplamente chocada quando ele riu de mim. Uma risada de verdade.

— Vamos terminar de secar na biblioteca — sugeri, imaginando quanto tempo ele ficaria relaxado e, felizmente, receptivo à conversa.

Ele me seguiu de perto e usou a névoa para se cobrir. Na biblioteca, aguardei até ele estar acomodado no canto para falar.

— Tenho uma proposta. Sei que, quando provocado, você tem certas energias reprimidas

Ele fez um barulho sufocado.

— que precisam ser aliviadas ou você fica tenso e bravo. No entanto, já pensou que aliviar essas energias reprimidas pode ser contraprodutivo para sua meta de uma noite inteira com a feiticeira?

— Pensei nisso quando fiquei aqui sentado neste mesmo canto ontem — ele disse sarcástico.

— Estou falando de um sacrifício maior — eu disse, empolgada por ele ter entendido e parecer disposto a falar sobre o assunto. — Você fez a mesma coisa por cinquenta anos. E se não visitasse a feiticeira por uma ou duas semanas enquanto deixa suas energias se acumularem? Pode lhe dar uma vantagem.

— Uma semana — ele zombou.

— Eu o ajudo. Só precisa ficar focado na meta: sua liberdade.

Ele permaneceu quieto no canto por tanto tempo que comecei a andar de um lado para outro. Talvez, eu tivesse superestimado o fato de ele falar abertamente sobre as necessidades físicas. Parecia que ninguém realmente falava disso em uma conversa educada, com exceção das irmãs, é claro.

— Talvez tenha razão — ele disse devagar. — Poderia funcionar.

Parei de andar de um lado para outro e sorri para ele.

— E, suponho que queira algo em troca por sua ajuda? — ele disse teimoso.

Eu me esforcei para não revirar os olhos.

— Nem tudo precisa ser uma troca ou parte de algum acordo. Vou ajudá-lo para ser útil. Só isso.

E, talvez, fazendo isso, eu ganhasse minha própria liberdade.

Ele grunhiu, mas não disse mais nada.

Muitos dias depois, eu me esforcei para manter meu comportamento conforme encarava a fera durante o café da manhã. Ele andava de um lado para outro diante da porta, sua névoa familiar o cobria.

No dia anterior, ele tentou se retirar muitas vezes. No entanto, todas as vezes, eu o seguira rapidamente, certa de que ele tentaria encontrar a ninfa ou outra substituta.

Agora, ele estava intratável e parecia não mais se importar se eu ficasse na propriedade ou escolhesse fugir. Havia me mandado tirar o dia para visitar minha família.

— Não pode mandar que eu faça isso — eu disse. — Eu escolho o dia da visita.

Por um instante, ele parou de andar para me encarar. Um brilho raivoso iluminou seus olhos. Quando ele diminuiu o passo, coloquei o garfo na mesa e me levantei da cadeira com rapidez, pronta para corrrer se houvesse necessidade.

— Você me entedia, e quero um tempo sozinho — ele disse impaciente e bravo.

— Sir — eu disse, tentando falar com uma voz calma e suave. — Passaram apenas alguns dias. Pense na sua liberdade.

— Estou cansado de pensar nela — ele rugiu para mim com tal paixão que seu bafo fez meu cabelo esvoaçar.

— Vamos sair para caminhar — eu disse, tentando uma abordagem diferente.

Ele se virou na minha direção e deu um passo a cada palavra que falou.

— Não quero sair para caminhar. Quero foder. — Ficou nariz com nariz comigo, seu bafo assoprando meu rosto.

— Exatamente por isso que precisamos acalmá-lo — eu disse, sentindo sua posição perigosa.

Ele me estudou por bastante tempo, então exibiu sua língua e lambeu meu pescoço. Dei um gritinho de susto. Rosnou em resposta e se equilibrou nas patas de trás, puxando-me para perto. Eu chegava apenas até seu esterno quando ele ficava em pé, e seu pelo pressionava meu rosto. Senti seu pênis entre meus seios.

Ele arqueou sobre mim. Eu teria caído para trás se não fossem por seus braços me equilibrando.

— Pare — ordenei a ele, tentando me afastar. Minha movimentação parecia apenas excitá-lo mais. — Está me machucando. — Sua protuberância estava machucando minhas costelas, e senti uma pontada de pena pela ninfa de madeira que o suportara. Ele era grande demais.

Quando não atendeu, pisoteei primeiro em uma pata, depois na outra. Ele rugiu, mas se afastou de mim, apoiando-se nas quatro patas.

— Não haverá fornicação — gritei para ele.

Olhamos um para o outro por um instante, depois seu temperamento explodiu. Ele se levantou e derrubou a mesa, fazendo as louças voarem. Desta vez, cobri o rosto para evitar um machucado. Quando ele terminou e ficou ali parado ofegante, eu recuei.

— Acho que vou visitar minha família — eu disse ao passar por ele e sair pela porta.

— Os homens não são os únicos que sofrem com energias reprimidas — ele gritou para mim enquanto eu corria.

Eu não sabia o que ele queria dizer com isso, mas não diminuí o passo para refletir.

Quando cheguei ao portão, que se abriu para mim, eu estava sem fôlego e sentindo uma pontada na lateral. A fera rugiu de longe de novo. Ainda não tinha recuperado o controle da propriedade, e isso parecia frustrá-lo tanto quanto suas energias reprimidas.

Corri por entre as árvores até chegar à rodovia de cascalho e diminuí para uma caminhada rápida. Talvez estivéssemos fazendo isso errado. Ele não reagia bem à abnegação. Talvez eu devesse ter começado com alguma coisa menor, como usar a palavra — não — com mais frequência.

Enquanto eu andava, percebi o som de uma carroça se aproximando por trás e virei e vi Henick de novo.

Acenei e ele parou ao meu lado.

— Indo à Ponte? — perguntei.

Henick me cumprimentou com um sorriso.

— Não achei que a veria de novo logo. — Ele pulou do assento. — Seu rosto está curado — ele disse surpreso e esticou o braço para passar um dedo em minha mandíbula.

— Sim, tenho muita sorte de não ter ficado cicatriz.

Seu toque causou uma leve ardência, e ruborizei. Ainda, o comentário da fera quando parti tocava em meus ouvidos. Por que eu não sofria de energias reprimidas? Aryana também insinuara que eu deveria sentir meu coração flutuar ou alguma coisa assim sem sentido. Será que eu tinha algum defeito?

— Henick, por que acha que eu não reparava em você?

Ele sorriu de novo e baixou a mão, oferecendo-a para mim. Passei os dedos suados e úmidos por seu braço quente e seco ao aceitar sua ajuda e subir para me sentar.

— Porque você nunca parou — ele disse facilmente, movendo-se pelo assento a fim de ficar do lado certo. — Nunca parou para nos observar como nós paramos para observá-la.

— Me observar? — ecoei, pensando nas palavras de Tennen na noite em que ele me aguardara no escuro. Será que era isso que ele queria dizer? Tinha ficado bravo porque eu nunca reparara nele?

Henick deu risada e balançou a cabeça para mim.

— Todo mundo para para observá-la quando você anda pela vila, Benella. — Isso me fez sentir um pouco desconfortável.

— Há algo de errado comigo? — Ele olhou para mim preocupado. — Não por todo mundo me observar — esclareci rapidamente —, mas por eu não observar de volta.

Ele sorriu de novo, um sorriso discreto e suave.

— Acho que não. Acho que você está aguardando o momento certo.

Franzi o cenho, e ele riu.

— Você pensa antes de sentir — ele disse.

Quando pensei em suas palavras, eu sabia que ele estava certo.

Viajamos o resto da distância em silêncio, e eu lhe pedi para me deixar no moinho, assim eu poderia andar o resto do caminho. Quando ele diminuiu a velocidade, virei para beijá-lo na bochecha de novo. Contudo, ele virou ao mesmo tempo e nossos lábios se encontraram. Uma surpresa correu por meu corpo, e me afastei em choque.

Henick riu da minha cara.

— Você já foi beijada? — ele perguntou.

— Fui agora — murmurei.

— Fico honrado em ser o primeiro — ele disse. Não se mexeu para dar outro. Tive certeza de que, se fosse a fera ao meu lado em vez de Henick, eu estaria lutando para me libertar.

Ao nosso lado, um corvo crocitou de uma pilastra limitando o moinho. Eu o encarei enquanto lambia os lábios.

— Obrigada, Henick — eu disse baixinho, pulando para o chão antes que ele pudesse querer me ajudar.

— Talvez eu a veja de novo na estrada — ele disse, despedindo-se e encorajando os cavalos a seguirem em frente.

Eu o vi desaparecer da rua e, perdida em pensamentos, comecei a seguir em direção ao mercado. Uma risada familiar tirou-me do meu devaneio conforme passei pela barraca de um padeiro.

Bryn estava em pé com o filho do padeiro em uma conversa discreta, inclinando-se na direção dele e tocando seu braço levemente. Ele se parecia com Tennen. Os olhos do jovem mergulhavam repetidamente no decote de Bryn, e seu rubor se aprofundava toda vez.

Bryn me viu e se despediu rápido e timidamente do homem antes de vir na minha direção. Eu a esperei, grata por ela estar sorrindo, para variar. Ela ficava muito mais bonita assim.

— É ele — ela sussurrou, enganchando o braço no meu. Fomos para casa.

— O que tem ele? — perguntei.

— Ele que vai fazer uma oferta por mim. Edmund Rouflyn . Seu pai é dono da padaria mais bem-sucedida de Ponte. São só eles dois.

— Estou muito feliz por você, Bryn. — Abracei-a de lado. — Ele está empolgado com o bebê?

Ela enfiou os dedos no meu braço.

— Quieta — ela chiou.

Franzi o cenho para ela, sem entender a mudança de humor. Então, percebi o que acontecia.

— Você não contou a ele?

— Ele se parece muito com Tennen. Nunca vai saber que não é dele porque já ficamos juntos — ela sussurrou para mim ao sorrir e assentir para alguém no mercado. — E ele também é muito melhor que Tennen. — Ela me olhou de canto de olho. — Você ainda não saberia nada sobre isso — ela disse com um suspiro.

Sem saber o que responder, perguntei sobre Blye.

— Ela está muito bem. Seus vestidos estão vendendo, mas devagar. Papai ainda está tentando casá-la. Ela está recebendo ofertas, mas não precisa se casar, como eu.

Bryn estava falante e não me deu oportunidade para me retirar antes das dez. Eu sabia que as irmãs já estavam recebendo clientes, então passei um dia longo e entediante com minha irmã, que me implorava repetidamente para trazer alguma coisa de valor para troca na próxima vez que eu visitasse.

Quando ela começou a preparar o jantar, educadamente me disse que não havia comida suficiente para quatro. Eu me retirei para encontrar papai no seu caminho de volta para casa.

Eu lhe disse da esperança de Bryn com o filho do padeiro, e ele assentiu, compartilhando minhas preocupações. Ele estava decepcionado por ter perdido a oportunidade da minha visita, mas eu estava grata por ter ficado bastante com Bryn. Eu o deixei com um beijo na bochecha e comecei a andar de volta à propriedade.

Quando retornei, a cozinha estava em silêncio e ainda destruída. Contornei os destroços e, com cuidado, andei pelos corredores, especulando o humor com que eu encontraria a fera. Perto da sala de estudo, escutei um barulho fino estranho. Parei no corredor, escutando atentamente. Parecia o toque de alguma coisa no vidro.

Xeretando dentro do cômodo, observei maravilhada a fera abrir a janela para deixar o corvo entrar. O corvo pousou no peitoril e crocitou muitas vezes, batendo seu bico entre as crocitadas. A fera o observou em silêncio, seu pelo se arrepiou devagar no final.

Além do corvo, a visão da ninfa me distraiu da dupla. Sólida, ela permanecia flexionada na cintura, seus galhos parecidos com cabelo cascateavam ao chão. Conforme eu observava, as folhas verdes da primavera de seu cabelo esvoaçavam para o solo em uma lenta solidariedade. A casca de seu tronco parecia fina e curvada em alguns lugares como se estivesse descascando. O tronco de uma perna brilhava molhado. Ela parecia quebrada.

O corvo alçou voo, provocando um barulho de mim quando a fera se virou para mim.

— Você o beijou? — ele rugiu.

A ninfa estremeceu.

— Você é minha — ele rugiu, marchando na minha direção.

Dei um passo para a frente, enfrentando-o sem medo.

— Me beije como fez com ele.

— Não — gritei brava. Ele precisava receber um não independente de nosso acordo. — Vou acabar machucada ou pior. Olhe para ela! — Apontei para a ninfa pela janela. — Se ela fosse humana, estaria ferida e sangrando. Você é um monstro. Nao para e pensa que suas ações podem afetar outros. Não tem respeito por ninguém além de si mesmo e por sua própria satisfação.

Ele não estava mais me escutando, mas estava em pé diante da janela, olhando para a ninfa.

— Humana — ele disse antes de se virar de costas para a janela e sair correndo do quarto nas quatro patas.

Olhei para fora, confusa. Mais folhas caíram do cabelo da ninfa, e pensei na quantidade de vezes que ele a tomara.

A fera virou correndo. Quando alcançou sua forma sólida, ele começou a falar sussurros sinceros. Eu não conseguia ouvir as palavras, mas a ninfa voltou à vida e caiu no chão. A fera a pegou nos braços e correu, saindo de vista.

Balancei a cabeça. Ele precisava pensar com alguma coisa, além de seu pênis.

Não o vi de novo por três dias. Nesse tempo todo, uma tempestade açoitou a mansão.

Quando a tempestade finalmente diminuiu, peguei a bolsa dos aposentos dos criados, vestida com minha calça e camisa, e saí no mundo tranquilo e úmido. O sol fazia um esforço enorme para aparecer entre as nuvens, mas eu sabia que não teria sucesso. Foi a magia que criou a tempestade, e apenas ela iria cessá-la.

Saí pelo portão da frente sem intenção de ir muito longe. Não era o dia de visitar minha família. Eu queria andar ao longo do muro como costumava fazer e ver se havia alguma coisa que pudesse colher para Bryn. Já que a fera não estava lá para eu pedir, resolvi tentar sem sua permissão.

Virando a oeste, para visitar o solo encantado que restava, comecei minha longa caminhada. Um crocito acima de mim não me surpreendeu, e olhei para cima e vi o corvo pular de galho em galho para me acompanhar.

— Pensei que fôssemos amigos. Como pôde contar a ele que beijei Henick quando você viu exatamente o que aconteceu? Foi um acidente, e não deu em nada. — Fiz careta para o pássaro quando ele crocitou de novo. — Acho que vai sair voando agora e contar a ele que fui embora. Isso também é inocente. Apenas uma caminhada ao longo do muro para tirar o tédio. Mas vá em frente, mexeriqueiro. — Balancei a mão, mas ele me olhava obstinado. Então o ignorei.

O muro me ofereceu várias prímulas ao norte e repolho no pedaço de terra. Feliz com meus achados, rodeei o muro de volta ao portão. O corvo crocitou alto em alerta, e vi a fera parada dentro dos portões.

— Onde você estava? — ele perguntou.

— Pergunte ao sr. Corvo — eu disse, entrando pelos portões e passando por ele.

O corvo crocitou uma vez e voou. A fera me seguiu de volta à mansão e continuou a me seguir pelo resto do dia. Eu não falei de novo.

Quando acordei de manhã, os vestidos finos estavam de volta. Olhei para eles, então abri minha porta. A fera aguardava sem sua névoa. Parei diante dele, vestida com sua camisa.

— Não — eu disse a única palavra com objetividade.

— Sim — ele respondeu calmo. — Vá colocar um dos vestidos. Vou tentar de novo.

— Eu me recuso — disse, cruzando os braços. — O problema com seu plano é que está muito acostumado a fazer do seu jeito. Você precisa aprender a se conter quando alguém o recusa. Até conseguir fazer isso, vou me vestir como eu quiser, não como você quiser.

Ele rosnou para mim, um leve ódio preencheu seus olhos. Depois bufou e passou a pata na cara.

— Está correta. Preciso aprender a me controlar — ele disse quando um olhar assombrado tomou seus olhos. — Vista-se como quiser.

Ele se virou para sair, mas o impedi.

— Você era tão terrível quando era homem? — perguntei.

— Você sabe? — ele perguntou, soando tenso.

— Eu achava, mas agora eu sei.

Ele se virou e saiu.

Quando abri o guarda-roupa, havia coisas de todo estilo. Os vestidos finos estavam lá assim como os simples que me cobririam. Mas também vi calças e camisas. Sorri e me vesti como eu quis, sabendo que o controle da fera sobre a magia havia voltado.

Eu o vi muito mais tarde, andando de um lado para outro do lado de fora perto do lugar em que os ninfos tinham se unido. Não pareceu escutar minha aproximação, e parei para analisá-lo.

Semanas antes, eu teria pensado que estava apenas perambulando de um lado para outro. Agora, eu via sua frustração nas suas orelhas caídas, sua culpa no seu rabo prostrado e seu desespero na forma como seus ombros estavam caídos. Como eu poderia não sentir pena de tal criatura?

— Como ela está? — perguntei.

Ele parou de andar e se virou para mim.

— Recuperando-se. — O remorso envolvia aquela única palavra.

— Se eu continuar a ajudá-lo, preciso da sua palavra de que apenas Rose será a receptora de sua atenção.

Seu olhar baixou para o chão ao lado dele. Folhinhas enfeitavam o espaço. O cabelo dela.

— Tem minha palavra.

As palavras mal chegaram aos meus ouvidos, mas foi suficiente. Limpei a garganta e me decidi. Eu iria ajudá-lo.

— Ainda posso fazer o que eu quiser? — perguntei.

Ele roncou em resposta.

— Dada sua recusa em atender a qualquer comando que dou, diria que sim.

— Perfeito. Voltarei antes do jantar. — Virei-me com a esperança de que ele pensasse no que eu pretendia.

Não fui muito longe, minha bolsa gentilmente batia contra meu quadril, quando o escutei me seguir. Havia algumas coisas que fizemos errado quando tentamos usar a abstinência para ajudar em suas tentativas com a feiticeira. Sua força de vontade e seu tédio. Ele tinha muito de uma coisa e nada do outro.

Agora, eu planejava persuadi-lo de suas sombras de observação à luz da participação. Provavelmente não iria funcionar, e ele rugiria, rosnaria e sairia bravo, mas quanto mais nós tentássemos, mais eu aprenderia sobre ele. Tinha certeza de que, um dia, aprenderia o suficiente para realmente ajudá-lo.

Para o norte, andei devagar pelos campos incultos e florestas silenciosas até chegar ao muro. Desamarrando minhas botas, joguei-as ao chão e comecei a subir em uma das árvores que se esticavam sobre as pedras empilhadas.

— Você vai cair. Desça daí — ele gritou para mim quando subi até ele não conseguir mais me ver.

Rindo, continuei a subir cada vez mais até chegar aos galhos mais finos da copa. Olhei para o sul e, ao longe, vi um pedaço de telhado. Ao nordeste, as águas em movimento do rio refletiam a luz do sol. Olhei para baixo para a fera.

— Você pode sair desses muros?

— Posso — ele disse com suspeita. — Por quê?

Cruzei as pernas em volta do galho e comecei a me arrastar em direção ao espaço vazio que me separava do meu destino. Afrouxei as pernas e me suspendi no galho para me agachar em cima do muro.

— Então venha.

Ele olhou para mim preocupado.

Deslizei pelo muro e fiquei fora da vista dele. Devagar, desci o muro, um pé e uma mão de cada vez. A fera pulou por cima do muro, com as patas de trás com um estrondo, antes de chegar ao chão.

— Impressionante — eu disse, olhando para cima para o topo do muro imponente acima da minha cabeça. — Você consegue sair em um pulo?

— Sim, quando necessário — ele disse, cheirando o ar. — Por que estamos fora da propriedade? Não é seguro.

Eu zombei de sua preocupação. Ele era um monstro encantado. O que ele tinha a temer? Pensei rapidamente nas histórias de caçadores e saqueadores que haviam tentado pegá-lo no passado, depois, comecei a andar para longe do muro.

— Você vai ver por quê. É um pouco mais longe. Vamos.

Andamos por mais uma hora até o som do rio chegar aos meus ouvidos. Meus pés descalços estavam começando a doer, e me arrependi de não ter trazido as botas na bolsa. Porém, ficara preocupada que elas me fizessem perder o equilíbrio na árvore.

Encontrando uma passagem discreta, descasquei dois galhos para varas, coloquei a corda e ganchos que tinha descoberto nas bolsa e entreguei uma para a fera. Sentei-me em uma pedra na beirada do rio e mergulhei os pés na água fria. A fera ficou de pé ao meu lado, segurando a vara incerto, por um instante, então se juntou.

Sentamo-nos em um silêncio sociável por muitas horas enquanto os peixes comiam nossas minhocas e dei risada de nossas tentativas. Com o sol a pino, puxei meu anzol da água e abri minha bolsa, faminta por pão e queijo que tinha pego da cozinha.

Esticando-me a fim de oferecer à fera metade da comida, observei-o analisar a água. Seus olhos observavam a superfície, seguindo as sombras dos peixes debaixo d´água.

— Isso é inútil — ele rosnou.

Sorri com sua frustração.

É como a maioria das pessoas comem todos os dias — eu disse, entregando-lhe a comida. — Nunca precisou se esforçar para ganhar sua comida?

Ele fez careta para mim, mas aceitou o que ofereci.

— Há alguma coisa diferente — eu disse. — Um sabor apetitoso na comida que eu consigo com minhas próprias mãos.

Eu o vi morder o pão, e pensei em nossa primeira refeição juntos. Depois de comer, ele ficou inquieto, e sugeri que voltássemos para um jogo na biblioteca. Ele me equilibrou, sem comentar nada, quando gritei depois de pisar em alguma coisa pontuda. Com os pés doendo, subir de volta no muro parecia intimidador.

— Você controla as videiras, correto? — eu disse, olhando para a barreira alta do muro.

— Sim — ele disse, observando-me.

Virei para ele com um sorriso malicioso.

— Me jogue por cima do muro como fez da primeira vez em que nos conhecemos. Deixe as videiras me pegarem.

Ele balançou a cabeça, mas segurou minha cintura com as duas mãos um instante antes de me arremessar por cima do muro. Dei risada o caminho inteiro e caí em uma rede toda tecida de videira. Ele voou por cima do muro em um salto suave.

— Deveríamos transformar isso em um jogo — eu disse, ainda rindo quando dei um pulo baixo para o chão e me sentei para colocar as botas. — Seria divertido na água também, quando estiver mais calor. Os mergulhos que eu poderia dar. — Minha mente devaneou aos cálculos dos ângulos e alturas necessárias até eu flagrar seu olhar.

— Você não é como as outras mulheres — ele disse devagar, como se tivesse acabado de perceber isso.

Balançando a cabeça para ele, fiquei em pé e limpei a poeira da bunda das minhas calças.

— Bom para você que não seja.

Durante os dias seguintes, descobri uma coisa. A fera sabia muitos jogos de azar, mas poucos intelectuais. Estudamos um livro de jogos e aprendemos alguns juntos. Formávamos uma dupla estranha sentados quietos na biblioteca por horas, ele em suas patas traseiras e eu empoleirada em uma cadeira.

A mente dele era uma coisa linda de se contemplar. Desafiava-me de uma forma que me fazia sorrir e dar risada. Mas, depois de jogar um jogo, ele ficava entediado independente se ganhasse ou perdesse. Porém, nunca perdia o interesse nos jogos de azar.

Eu o analisei conforme ele contemplava o tabuleiro de madeira à nossa frente. Parecia relaxado e satisfeito, e pensei se ele sabia quantos dias tinham se passado sem que ele fosse encontrar a feiticeira. Seria suficiente?

Detestando o fato de ele pensar nisso, continuei tentando mantê-lo constantemente ocupado. Conforme os dias se estendiam, eu percebera sinais de agitação crescente. Como eu tinha adivinhado, o tédio era seu pior inimigo.

Embora tivessem se passado quatro dias desde que eu fizera minha última visita a Ponte, os jogos ainda nos serviam bem. No entanto, eu sabia que ele não toleraria outro dia deles.

— Já apostou em um jogo? — perguntei baixinho, sem querer perturbar sua concentração.

— Certamente — ele disse distraído.

— Você se importaria em apostar no resultado deste jogo?

Ele levantou o olhar do tabuleiro para me analisar.

— Que tipo de aposta?

— A comida é maravilhosa, mas acho que, se eu ganhar, quero que prepare meu café da manhã. Com as mãos. Você mesmo.

— E se eu ganhar?

Dei um sorriso.

— Então vou preparar sua comida de manhã.

Ele deu risada e assentiu, mas eu conseguia sentir seu desinteresse na aposta. Amenizei meu sorriso. Não era sobre ganhar ou perder, mas distraí-lo por outro dia.

Acordei cedo e agitada.

— Estou com muita fome — gritei ao me sentar na cama.

Do quarto ao lado, ouvi um estrondo e soube que o tinha acordado. A luz estava apenas começando a entrar em meu quarto. Ficamos acordados até tarde para terminar o jogo, o qual eu tinha ganhado.

De uma coisa eu tinha absoluta certeza. A fera não sabia cozinhar.

Sorrindo, vesti uma camisola simples — estive favorecendo as calças e a camisa desde nossa caminhada até o rio — e lavei a boca e o rosto antes de sair para o corredor vazio.

Seguindo os barulhos agudos e xingamentos abafados, encontrei-o na cozinha. O fogo estava enorme, aquecendo o cômodo um pouco demais, então abri a porta do lado de fora antes de continuar.

Da cadeira próxima à mesa, observei-o em ação. Ele deixou cair ovos no chão e queimou um lado do bacon. Perdeu uma batata no fogo e chamuscou seu pelo tentando recuperá-la.

Quando colocou um prato diante de mim, nós dois piscamos para a bagunça que manchava a superfície.

— Está delicioso — eu disse depois de um instante.

— Eu não sei cozinhar — ele admitiu com um tom derrotado.

Finalmente, a sinceridade dele. Sorri.

— Nem eu. Bom, talvez um pouco mais do que você, mas não muito. Acho que vi um livro no quarto do chef que poderia nos ajudar.

Passamos o dia todo na cozinha, cometendo alguns erros maravilhosos. Ele até deu risada uma vez que provou minha tentativa de folhado. Aquela risada marcou a primeira vez que eu o tinha visto sem nada de sua raiva e sua frustração comuns. Uma onda de orgulho me preencheu por minha conquista. Havia, afinal de contas, algo a mais para a fera.

Conforme fiquei cansada e bocejei, ele continuava determinado lendo e cozinhando até me flagrar com a cabeça na mesa.

— Talvez seja suficiente por hoje — ele disse, andando em minha direção.

Eu me levantei concordando e olhei para o desastre que tínhamos deixado a cozinha.

— Precisamos limpar isso?

— Não.

Aliviada, beijei-o com carinho na bochecha e me virei para sair da cozinha.

Ele me encarou enquanto eu me afastava, mas não fez menção de me seguir. Os cinza foscos e roxos do crepúsculo tingiam o céu. Talvez ele veria a feiticeira naquela noite.

Cinco

Quando o encontrei no corredor na manhã seguinte, ele estava de calça e apoiado nas pernas de trás, ereto. Não falei nada, mas o cumprimentei com um sorriso e fiz minha pergunta de sempre sobre nossos planos para o dia. Seu único comentário foi de que deveríamos comer primeiro.

Enquanto ele me levava à cozinha, fiquei admirada com sua altura. Já tinha visto, mas nunca por tanto tempo. Normalmente, ele voltava às quatro patas depois de alguns passos. De repente, ele parecia mais homem do que fera.

Gesticulou para mim e para a mesa, na qual vi dois pratos. Havia ovos mexidos e bacon em cada um. Uma simples refeição só que não. Ele havia cozinhado.

Os ovos estavam um pouco moles, e as beiradas escuras das fatias de bacon contrastavam com o meio amolecido. Em vez de apontar a melhora que ainda precisava, apontei o progresso que ele fizera.

— Parece maravilhoso — eu disse, de verdade.

Ele segurou a cadeira afastada para eu me sentar, o que me surpreendeu, e se juntou a mim à mesa. A cadeira grunhiu sob seu peso, mas aguentou.

Os ovos estavam frios e um pouco salgados, mas comi tudo. Não poderia ter feito melhor. Embora preferisse o bacon crocante, consegui comer a maior parte também. Recostando-me, agradeci a ele pelo esforço.

— Eu quero lhe agradecer — ele disse. — Por sua ajuda. Cinco dias... — Ele balançou a cabeça e suspirou. — Não funcionou — ele admitiu.

Estiquei o braço para o outro lado da mesa e toquei sua mão.

— Sinto muito. Vamos continuar tentando. — Hesitei por um instante, depois fiz uma pergunta difícil. — Pode me contar o que deu errado? Ajudaria saber o que poderíamos precisar mudar.

Ele riu se autodepreciando.

— Seu entretenimento e suas distrações fucionaram bem demais. Fui até a porta dela; mas, quando ela abriu esperançosa, consegui apenas me desculpar e lhe dar boa-noite.

— Nada? — perguntei aturdida.

— Nada que pudesse me inspirar a passar por sua soleira.

Mordi o lábio por um tempo. Como manter sua excitação sem a raiva e a tensão? A pergunta estava além do meu conhecimento. Eu precisava conversar com as irmãs, mas não achava que era sábio abandoná-lo deprimido de novo. Demorava muito para ir e voltar andando. Uma carona de Henick ia bem, mas não podia contar com essa coincidência.

— Você tem um cavalo? — perguntei com uma esperança inútil.

— Há um cavalo, sim — ele disse, obviamente curioso do porquê eu ter perguntado.

— Eu gostaria de ir a Ponte antes de tentarmos de novo, mas não quero deixar você aqui sozinho por muito tempo, e duvido que encontre uma carroça na estrada de novo.

Ele fez careta com a lembrança de Henick e concordou que um cavalo tornaria a viagem mais rápida. Ele saiu da mesa para ir lá fora, e eu fui para os aposentos dos criados a fim de pegar minha bolsa. A prímula que eu tinha colhido estava entre as páginas enceradas de um livrinho que encontrara. Não tinha me esquecido do pedido de Bryn e esperava parar em Konrall, no produtor de velas, antes de ir a Ponte.

Pendurando a bolsa cruzando meu corpo, saí. A fera estava em pé diante de um cavalo trêmulo, falando com ele em um rosnado baixo.

Quando ele me viu, afastou-se e me ofereceu uma mão. Nunca pudemos pagar nossas próprias montarias, mas eu me lembrava de andar a cavalo quando era mais jovem e olhava para esse com curiosidade.

— Sem rédeas? — perguntei à fera ao pegar sua mão.

— Fale com ele, e ele fará o que você disser — a fera me assegurou.

Coloquei o pé direito na mão livre da fera e me joguei para cima, jogando a perna esquerda para a frente e por cima do pescoço do cavalo, quase chutando a cabeça da fera.

— Desculpe — eu disse rapidamente para ambos conforme enrolei os dedos na crina para me manter equilibrada.

Ao meu lado, a fera estava com a mão na minha perna, seus dedos pesados e contraídos.

— Onde estão suas roupas de baixo? — ele perguntou em um rosnado quase ininteligível.

— Não faço a menor ideia. Você não as colocou de volta no guarda-roupa desde que cheguei. Se estiver disposto a me fornecê-las de novo, estou ansiosa para vesti-las. Me sinto um pouco esquisita sem elas às vezes.

O cavalo empinou e abaixou a cabeça. A fera reagiu imediatamente, socando a lateral da cabeça da criatura. Ele deu um passo para o lado com o golpe.

— Sir — gritei. — O que está fazendo? Talvez eu não deva ir.

— Desculpe. Seria melhor se vocês dois saíssem por um tempinho — a fera falou com um pouco de esforço.

Ele segurou a cara do cavalo em sua pata enorme e levou seu focinho ao seu próprio.

— Proteja-a com sua vida.

A fera travou o olhar do cavalo até ele balançar a cabeça.

— Ele tem nome? — perguntei com cuidado, ainda incerta sobre o humor da fera.

A fera libertou o cavalo e o encarou por um instante.

— Se tem, me esqueci há muito tempo.

— Não importa — assegurei a ele, dando tapinhas no pescoço do cavalo para chamar sua atenção. — Para essa viagem, vou chamá-lo de Swiftly. Por favor, me leve ao portão, Swiftly.

O cavalo girou e começou a seguir o caminho. Virei e olhei para a fera.

— Retornarei em breve. Se se sentir bravo, talvez deva considerar fazer folhados — eu disse com um sorriso. Ainda não tínhamos pegado o jeito deles.

A fera assentiu e continuou a nos observar quando virei novamente para a frente. Apesar da minha promessa de retornar em breve, imaginei se ele continuava a se preocupar que eu pudesse não voltar. Eu esperava que ele tivesse ganhado um pouco de confiança em mim naquele momento. Mesmo assim, eu não queria demorar mais que o necessário.

No entanto, o ritmo de Swiftly seria um problema. Ele caminhava suavemente e devagar, como se não quisesse me balançar. Uma pausa rápida adicional em Konrall não seria inteligente se ele não conseguisse ir mais rápido.

— Estou muito pesada? — perguntei, incerta se um cavalo encantado poderia suportar o mesmo peso que um cavalo normal.

Swiftly balançou a cabeça.

— Talvez poderíamos tentar um trote, então? — sugeri.

Ele aumentou o passo imediatamente, e precisei apertar as coxas nas laterais dele para me manter ereta. Ele se contraiu nervoso com o toque, mas continuou se movendo.

Assim que chegamos ao portão, pedi a ele que seguisse ao sul em vez de oeste. Ele empacou um pouco, mas o fez em certo momento.

Ver Konrall de novo me trouxe um pouco de saudade de casa. Os olhares lascivos do padeiro e o *bullying* que eu sofria de Tennen e Splane haviam desaparecido da minha mente, e eu me lembrava dos bons tempos de quando ia à escola com Papai, e Bryn e Blye conversavam comigo sobre garotos.

— Está vendo a placa do produtor de vela? — perguntei baixinho. Uma das orelhas de Swiftly se virou para trás, e eu sabia que ele me escutava. — É ali que eu preciso ir. Depois vamos para Ponte Inundada.

Swiftly parou à frente da casa do produtor de vela e se ajoelhou para que eu pudesse desmontar com facilidade. E provavelmente para que eu não me expusesse. Dei tapinhas em seu pescoço.

— Um verdadeiro cavalheiro — sussurrei.

Ele abaixou a cabeça, e eu sorri.

— Precisa de água?

Ele balançou a cabeça, então o deixei para entrar.

— Benella! Que bom vê-la! Entre, sente-se — o produtor de vela disse, cumprimentando-me como se eu fosse uma velha amiga. Ele se balançou para se levantar, seu cabelo fino esvoaçando com o esforço.

— Bom dia — respondi educada. — Trouxe mais prímulas para o senhor. — Retirando o livrinho da bolsa, com cuidado, removi as flores secas e as coloquei na mesa dele.

— Perfeito — ele expirou, levando uma pétala delicada ao seu nariz. — A senhorita preservou o aroma delas. — Ele remexeu nas prateleiras e procurou até encontrar uma moeda de prata e algumas de cobre, as quais me deu.

— É tudo que eu tenho agora. O mercador prometeu uma venda maior por mais delas, então vou pagá-la mais depois que ele as vender.

— Não é necessário — eu disse. Se ele deu todo seu dinheiro para mim, como viveria até o mercador retornar?

— Bobagem — ele disse, pegando minha mão e curvando meus dedos em volta das moedas.

Ele me olhou com os olhos semicerrados até eu assentir. Não ousei falar mais nada.

Agradeci e passamos alguns instantes trocando amabilidades ociosas. Ele perguntou sobre Papai e alguma novidade de Ponte. Estranhamente, mencionei alguns acontecimentos que me lembrava de Papai ter contado durante minha última visita, mas deixei vagos os detalhes e esperava que o produtor de velas não percebesse.

Embora as vilas vizinhas soubessem da propriedade e a ignorassem, eu não queria que ninguém soubesse da minha estadia ali. Muitos cobiçavam as riquezas que eles imaginavam que a propriedade tinha, e a ganância motivava a pessoa mais gentil a atos que normalmente não cometeria.

Despedindo-me rapidamente e prometendo retornar caso encontrasse mais prímulas, fugi de seu questionário inocente.

Lá fora, Swiftly empinou a cabeça quando me viu e ajoelhou de novo para me deixar montar. Achando engraçado, com cuidado, ergui a perna por cima de suas costas e segurei em sua crina quando ele se levantou de novo.

— Benella — uma voz familiar chamou nas proximidades.

Fiquei tensa montada em Swiftly, e a orelha esquerda do cavalo se virou para trás na minha direção conforme virou a cabeça na direção do falante. Seu flanco estremeceu sob mim, e passei a mão em seu pescoço para acalmá-lo conforme observei o padeiro sair de sua soleira e se aproximar de nós. Apesar do peso extra do padeiro, ele se carregava com força e velocidade.

— Bom dia — eu disse com uma educação forçada.

— É tão bom vê-la, Benella — ele disse, esticando a mão para tocar na minha perna.

Swiftly deu um passo para o lado para me tirar do alcance e bufou para o padeiro. O padeiro baixou a mão, mas não os olhos, os quais me secavam.

— A senhorita parece bem. Ganhou um pouco de peso necessário.

Ele sorriu maliciosamente conforme seu olhar pairou em meus seios. A anca de Swiftly tremeu muito, e ele recuou um passo. O padeiro voltou a olhar para mim e um pouco de seu humor se esvaiu.

— É bom saber que está sendo bem cuidada — ele disse.

Seu tom indicava o contrário, e permaneci em silêncio.

— Espero visitar Ponte em dois dias e queria conversar sobre negócios com seu pai. Pode dizer a ele para me esperar para o jantar?

Meu estômago se contorceu ao pensar no que eles poderiam conversar. Felizmente, eu não estaria lá.

— Claro. Tenha um bom dia.

Swiftly entendeu a deixa e se virou de costas para o padeiro.

— Vejo a senhorita em breve — o padeiro gritou, despedindo-se.

— Provavelmente, não — eu disse quando Swiftly aumentou o passo, trotanto ao norte.

Quando passamos pelo ferreiro, Tennen saiu da sombra da fornalha de seu pai com uma pedra na mão.

— Corra, Swiftly — sussurrei urgentemente, inclinando-me nas costas da criatura.

Ele não hesitou, correu em um galope completo. Segurando em sua crina, virei-me e vi Tennen colocar o braço para trás. No entanto, o estrondo repentino dos cascos de Swiftly fizeram o açougueiro ir até a porta; e ele gritou para Tennen parar. Flagrado, Tennen soltou a pedra com uma careta.

Swiftly correu para o norte e só diminuiu a velocidade quando nos aproximamos de novo da propriedade. Dei tapinhas em seu pescoço e agradeci por seu esforço e proteção. Ele chacoalhou a cabeça em resposta, e andamos o restante do caminho para Ponte. Ter um cavalo diminuía o tempo pela metade.

Preocupada que Swiftly contasse à fera sobre minhas atividades, levei-o à cocheira e dei uma moeda de cobre a um garoto para cuidar dele pelo pouco tempo que eu planejava ficar. Swiftly empinou a cabeça como se estivesse me chamando de volta, mas permaneceu com o menino, e eu fui até as Irmãs Sussurrantes sem ser observada.

Ila me encontrou na porta como sempre.

— Benella, você parece bem.

— Assim como você — eu disse, aceitando seu abraço enquanto tentava não agir de forma consciente sobre onde eu colocava as mãos em suas costas nuas.

— Você tem um propósito no olhar — ela disse quando nos afastamos. — O que a traz aqui?

— Busco conselho — eu disse. — O tipo que só você e Aryana podem dar.

Ela assentiu sabiamente e me levou aos aposentos de banho. Aryana se levantou quando eu entrei, mas acenei para ela voltar para a água.

— Por favor, sente-se. Eu gostaria de um banho — eu disse, pensando no olhar do padeiro e na viagem até ali —, mas prometi ao meu empregador que meu passeio seria breve.

Aryana voltou devagar para a água enquanto Ila e eu relaxamos em uma almofada. Minhas saias pareciam muito bagunçadas, mas elas não pareceram se importar.

— O que precisa de nós? — Aryana perguntou.

— Preciso saber como atrair e manter a atenção de um homem de uma forma que inspire excitação sem a tensão ou agressividade.

Aryana me analisou em silêncio, abaixando os cantos da boca discretamente.

— Tem certeza? — ela sussurrou preocupada.

— Não tenho certeza de nada — respondi com um sorrisinho. — Mas gostaria de seu conselho mesmo assim.

Ela me olhou por mais um instante antes de falar.

— Excitação é fácil. Um pouco de flerte e um vislumbre acidental do seu seio ou qualquer outro lugar alcançaria esse estado. Prolongar esse estado sem tensão é que é um pouco difícil. Você precisa encontrar um jeito de manter leve. Entretendo. Um jogo que vocês dois estão dispostos a jogar.

Um jogo. Ele se dava bem com jogos. Talvez algo com apostas. Mordi o lábio enquanto pensava nas opções. A maior preocupação era manter sua excitação para que a feiticeira fosse o alvo e não eu. A imagem da ninfa me veio à mente. Esse novo jogo seria perigoso.

— Obrigada — eu disse e me levantei. — Vejo vocês em breve, tenho certeza. — Eu estava embarcando em um território ainda não explorado, afinal de contas, e sem dúvida teria mais perguntas.

— Um instante — Aryana sussurrou, me fazendo parar. — Benella, você já flertou?

Eu não conseguia ver seus olhos claramente, mas vi a diversão em seu sorriso.

— Não — admiti. — Mas já vi outras fazerem. Tenho certeza de que consigo fazer alguns comentários enfadonhos e burros.

Ila gargalhou enquanto Aryana bufou. Sorri tímida.

— Desculpe. Isso não foi educado. — Virando-me, voltei para a almofada e me sentei. — Não quis dizer exatamente na forma como soou. Não penso que quem flerta é burro. Tipicamente, quando se flerta, parece uma exigência que nenhuma das partes se comporte normalmente. A garota sempre ri e age de uma forma que eu consideraria abaixo de sua inteligência usual, e o garoto age mais imprudente do que o normal.

Os dentes de Aryana sorriram para mim, brancos e um pouco tortos.

— Está certa, mas está falando dos jovens. Você está em uma idade agora que precisa pensar nos homens. A imprudência some, e a habilidade intensa permanece. Seja você mesma. Não esconda sua inocência, mesmo assim, deixe-o saber que você não é uma simples empregada a ser manipulada.

Assenti lentamente.

— A verdade é mais fácil do que a fraude — eu disse, concordando.

— Às vezes a fraude é necessária quando a verdade falha — Aryana disse triste antes de mudar a expressão. — Vai ver seu pai?

Lembrando-me do recado do padeiro, assenti relutante.

— Vá ver Bryn. Vamos dizer a ele que está aqui para uma visita e o mandaremos até você.

Ila me acompanhou até a porta e me desejou sorte. Eu precisaria de sorte e paciência para lidar com a fera enquanto jogasse esse jogo.

Quando cheguei à casa de Papai, Bryn me surpreendeu abrindo a porta antes de eu chegar perto. Ela estava com um sorriso deslumbrante. Pegando minha mão, puxou-me para dentro e revelou com uma empolgação mal contida que ficaria noiva em apenas alguns dias.

— Do filho do padeiro? — perguntei, feliz por ela.

Ela assentiu e me abraçou forte.

— Então eu tenho o presente perfeito para você. — Afastei-me e tirei a prata da minha bolsa.

Seus olhos se encheram de água quando ela pegou a moeda com sinceros agradecimentos.

— O pai dele vai dar um jantar para nós, apenas alguns dos comerciantes mais proeminentes. Lavei a camisa mais nova de Papai para a ocasião. Blye me ajudou e costurou um novo vestido para mim, para que eu pareça arrumada, mas me preocupo com Papai. Talvez eu possa usar um pouco disso para um novo paletó.

Meu sorriso congelou, não que ela tenha percebido.

— Não deveria se importar como alguém se veste, mas como se comporta. Papai é um homem educado e sabe se portar.

— Claro — ela concordou, guardando a moeda no bolso de sua saia. — Seria mais sábio guardar isso no caso de haver uma futura necessidade.

— Pensei que você quisesse para comida — eu disse, tentando evitar o desespero na minha voz.

— Há uma semana, eu queria. Mas vou me casar em breve e terei muita comida — ela me lembrou com um sorriso satisfeito.

Mordendo a língua, não disse nada sobre a necessidade de Papai por comida conforme escutei seus planos para o futuro e seus sonhos de se socializar com outras esposas de comerciantes. A chegada de Papai me salvou da história completa de cada família convidada para o jantar.

— Benella, eu estava começando a ficar preocupado — ele disse, abraçando-me. — Você está bem?

— Estou. Mas tenho algumas notícias perturbadoras. Vi o padeiro mais cedo, e ele disse que tinha negócios a tratar com o senhor e pediu que o espere para o jantar em dois dias. — Nós nos sentamos juntos à mesa e Bryn foi para o quarto dela, sem interesse em nossa conversa. — O jeito dele me fez crer que ele quer conversar sobre mim de novo, mas não mencionei que não estaria aqui.

— Vou dizer a ele que você está trabalhando em outro lugar se precisar, mas espero que ele não seja tão direto. — Ele olhou para baixo para suas mãos. — A fera lhe trata bem?

— Trata. — Eu queria falar mais, como eu não precisava limpar ou que podia comer até explodir, mas sabia que Papai, então, ficaria preocupado com o que eu fazia ali. Então resolvi dar um basta. — Por favor, não se preocupe comigo.

— Eu seria um pai ruim se não o fizesse — ele disse.

Swiftly relinchou de alívio quando o tirei da cocheira. Ele se ajoelhou para que eu montasse, então se levantou graciosamente assim que segurei em sua crina de forma segura. Sem precisar de guia, ele saiu da cocheira e seguiu seu caminho pelo mercado, virando-nos para a direção correta.

O sol ainda não tinha deixado o céu quando nos aproximamos da propriedade. As orelhas de Swiftly chacoalharam com a crescente velocidade conforme nos aproximamos da última curva na estrada, onde ele simplesmente parou de se mexer. Observei as árvores e esperei que não fosse Tennen que Swiftly sentira.

Das árvores, saiu uma velha. Ela usava uma camisola gasta e remendada e seguia em frente concentrada no caminho. Ela se apoiava pesadamente em seu cajado a cada passo pequeno e curto e pareceu não nos notar conforme mudou de direção para seguir a estrada até onde estávamos.

Observando seu progresso doloroso e lento, eu sabia que precisava oferecer ajuda. Desci de Swiftly e dei um tapinha nele quando seu flanco tremeu. Sua reação parecia estranha dada a idade e fragilidade que a mulher aparentava. Como era um cavalo encantado, eu sabia que ele tinha mais sabedoria e imaginei por que a mulher o preocupava. Talvez, por causa de seu estado encantado, ele não gostasse de estranhos.

— Olá — falei.

A mulher parou de se arrastar para a frente e olhou para mim. Parecia vagamente familiar.

— Vai para Ponte Inundada? — perguntei.

Seus olhos azuis úmidos me encararam, mas ela não respondeu.

— É um longo caminho a pé — eu disse devagar, pensando se ela poderia ter problema para escutar. — Precisa de ajuda?

Sua risada repentina me fez pular e Swiftly gritou com horror. Ele saiu correndo pela estrada, virando para as árvores na direção oposta da propriedade a fim de evitá-la. Pontadas de medo correram por minhas veias e chegaram ao meu estômago.

— Não temos muito tempo — a velha disse.

Reconheci sua voz quando ela falou, mas não consegui identificar.

— Nós já nos vimos?

— Duas vezes, mas nunca oficialmente — ela disse e começou a avançar. Desta vez, seus passos não eram curtos; ela se apressou na minha direção com uma marcha fácil que não combinava com sua idade aparente. — Sou Rose. Vamos conversar. — Ela tinha um olhar selvagem nos olhos ao me alcançar.

Quando sua mão segurou meu ombro, a estrada desapareceu; e estávamos no cômodo familiar de sua cabana. Já tendo ido ali uma vez, mesmo atordoada, eu não esqueceria. Meu olhar queria verificar os objetos peculiares pendurados nas paredes, mas o forcei a permanecer nela conforme se movia para se sentar em uma das cadeiras combinando com o quarto. Fez um gesto para eu me sentar também. As peles grossas que emolduravam as cadeiras de madeira forneciam uma quantidade confortável de almofadado.

— Você quer libertá-lo? — ela perguntou diretamente.

Eu sabia que estava falando da fera.

— Só busco ajudá-lo.

— Se quer ajudá-lo, deixe-o como está. Ele é melhor assim.

— Melhor? — Achava difícil acreditar nisso. Ele era volátil como fera, irritado pela perda do seu verdadeiro eu.

— Sem dúvida. Ele lhe contou tudo?

Olhei-a por um instante e resolvi falar diretamente como ela o fez.

— Muito pouco. Me contou que a senhora lançou um feitiço nele, um do qual ele poderia se libertar se lhe desse uma noite de prazer. Juntei algumas outras peças sozinha.

— Oh? — ela disse com uma sobrancelha erguida com desdém.

— Ele era humano e, eu acredito, que era o Lorde. E não foi o único afetado pelo feitiço que lançou. Acredito que algumas das outras criaturas aqui também eram humanas.

— Muito esperta — ela disse. — Conseguiu descobrir por que lancei meu feitiço?

Balancei a cabeça e permaneci em silêncio, sentindo sua raiva crescente.

— Ele era um homem focado em suas necessidades básicas. Bebia quando tinha sede, dormia quando estava cansado e fodia quando estava excitado, o que era frequente. Ignorava completamente suas responsabilidades como Lorde. Esta área era invadida por ladrões de todos os tipos e empobrecida por seus direitos assumidos. Ele fingia que não via os problemas do povo, que esperava que ele lhe desse proteção e orientação. Ele foi até bem longe e indicou um Líder que organizava os ladrões em vez de expulsá-los. Se eu não tivesse intervido e cortado o mal pela raiz, teria consumido o norte. Para a segurança do povo, ele não pode voltar ao poder.

Sua explicação era, certamente, convincente, mas sua exigência para ele retomar sua liberdade me incomodava.

— Se é contra fornicação, por que exige isso dele para que retome sua liberdade? — perguntei.

— Por que não? Deveria ser fácil para ele, um homem que colocava seu pau em qualquer lugar. E que pau ele tem. Por que não usar em mim? Ele tentou valentemente no começo, enfiando em mim até eu estar cansada dele. Eu ficava ali de boa vontade, ainda assim, imagino quantas não estavam com vontade quando ele as tomou.

Senti-me enjoada, mas Rose apenas riu de novo, um som baixo ameaçador.

Do lado de fora da cabana, o rugido da fera preencheu o ar. Ela deu risada.

— Ele aprendeu alguns truques ao longo dos anos e pode, em certo momento, provar não ser totalmente inútil — ela disse. — Ouça atentamente. Eu o treinei. Assim que o transformei em sua forma verdadeira, um monstro, ele entrava aqui quando seu pau estava ereto, pensando que finalmente ficaria livre de mim. Agora... — Ela não terminou a frase e olhou para a porta com um sorrisinho.

Após um momento de silêncio, um punho bateu na porta forte o suficiente para sacudir as dobradiças. Olhei para Rose. Seu sorriso aumentou, e ela piscou para mim.

— Entre.

A porta se abriu quando eu teria esperado que caísse.

— Rose — a fera rosnou, colocando a cabeça para dentro. — Por que a pegou?

— Pensei que ela e eu devêssemos ter uma conversa apropriada — ela disse, levantando-se. — Ela tinha alguns equívocos sobre você, e eu queria acertá-los. Já verificou como está Egrit hoje? Ela quase consegue andar normalmente de novo.

Arregalei os olhos ao perceber que ela falava da ninfa. Será que ele a tinha tomado de novo em minha ausência?

— Venha — ele disse, oferecendo uma mão para mim.

Meu olhar observou sua pata cheia de garras, depois se desviou para seu rosto. Ele não estava pedindo. Estava mandando.

— Lembre-se do que eu lhe disse — Rose disse quando peguei a mão dele.

Seis

A fera tirou-me da cabana, segurando firme minha mão até chegarmos à mansão. Minha mente girava com tantas observações e questões que eu não percebi a distância ou o tempo passar. Já tinha adivinhado que a fera era o Lorde, e o produtor de vela tinha contado um pouco da história dele. Uma história que eu não acreditara totalmente. Será que eu podia ter certeza de que sabia agora? Histórias frequentemente diferenciavam dependendo da visão do contador. Eu não chamaria a fera de gentil, exatamente, mas achava que ele tivesse a capacidade para um julgamento justo. Afinal, era consistente com sua punição por invasão até eu chegar. Ele nunca tinha realmente machucado crianças. Um roxo na bunda, no máximo, quando elas caíam depois de serem lançadas. Eu testemunhara coisa pior na disciplina de um pai. E, com mulheres, eu queria dizer que ele também era gentil com elas, mas a ninfa não recebera um tratamento gentil.

Mas a declaração de Rose sobre a fera forçando-a contorcia meu estômago; e eu tentava me distanciar do problema para conseguir ver claramente. Fatos. Observações. Precisava focar nisso.

A fera tinha sido um mau, talvez horrível, Lorde. Portanto, a feiticeira havia melhorado a vida dos aldeões dependentes da propriedade ao lançar seu feitiço nele. O produtor de vela confirmou ambos os pontos, embora não tivesse mencionado Rose.

Franzi o cenho, percebendo que andávamos no corredor para a biblioteca. Lá dentro, a fera tinha outro jogo preparado para nós.

— Preciso pensar — eu disse, confusa demais para me sentar com ele. Depois saí correndo.

Em meu quarto, andei de um lado para outro. A maior reclamação de Rose tinha sido a administração dele, mas muitas das nossas conversas tinham sido sobre sua luxúria. Ela dizia estar ali para proteger o povo, mas e o padeiro e suas manipulações? E o tratamento injusto de Tennen e Splane contra mim?

Se eu fosse uma feiticeira brava com um Lorde pelo mau cuidado com seu povo, eu o teria feito sofrer o mesmo destino que eles tinham sido obrigados a suportar. Medo de violência, estupro, fome imaginei que, há cinquenta anos, os aldeões tinham passado por tudo isso com ladrões invadindo aquelas florestas. Mesmo assim, ela havia colocado a fera na propriedade, dado-lhe poder para se proteger e se curar, suprimentos infinitos de comida e uma ninfa tentadora na qual ele podia se aliviar. As únicas punições verdadeiras, do meu ponto de vista, eram a mudança em sua forma e a exigência de fornicar com Rose.

Nada disso fazia sentido, e me pareceu que Rose jogava seu próprio jogo. Ela não apenas o puniu com uma mudança na forma, mas puniu muitos outros com ele. Eu tinha certeza de que o corvo, os ninfos, a árvore e Swiftly tinham sido todos humanos. E quais foram os crimes deles?

Parei de andar de um lado para outro e olhei ociosamente para fora da janela.

A árvore tinha me pedido para ensinar a fera. Quando eu refletira no que a fera poderia precisar aprender, pensei em gentileza, paciência e civilidade. Talvez fosse mais. Mas eu estremecia de medo do que seria. Três virtudes eram difíceis de se ensinar. Ainda assim, em uma coisa, Rose tinha razão; o homem que era antes da fera poderia retornar a Lorde.

Talvez a árvore quisesse que o ensinasse a ser uma pessoa melhor. Suspirei, incerta de como poderia ajudar com isso quando Rose ainda fomentava todas as qualidades que o tornaram um mau Lorde. Ela reclamou que ele tivesse direitos assumidos. Como dar a ele o controle de uma ampla magia sobre a propriedade o ensinaria sobre humildade?

Frustrada com a fera, Rose e a árvore, eu queria arrancar meu próprio cabelo. Por que as pessoas não podiam simplesmente dizer o que queriam? A coisa toda parecia uma fraude.

As palavras de Aryana me vieram à mente. A fraude às vezes é necessária quando a verdade falha. Qual verdade falhou há cinquenta anos?

— Benella? — a fera falou baixo atrás de mim, levando-me de volta ao presente. Não havia mais luz do lado de fora da janela. O céu noturno brilhava com estrelas.

— Eu sei exatamente onde estou, mas nunca me senti tão perdida — eu disse, virando para olhar para ele.

— O que ela lhe disse? — ele perguntou.

Ele estava parado na minha porta, ainda vestido com calças e apoiado nas patas de trás. A névoa se amontoava em volta de seus pés, pronta para cobri-lo caso ele precisasse, mas vi claramente sua expressão preocupada.

Como uma fera, uma fera de verdade, poderia demonstrar tanta preocupação? Tanta incerteza? Isso acalmou minha mente. Eu iria jogar meu próprio jogo, um perigoso que talvez tivesse a consequência de uma feiticeira brava, a ira de uma fera volátil e o desprezo da minha família.

Independente do final, eu iria sofrer. Mas meu sofrimento poderia libertar um monstro, que talvez não merecesse, e seus criados, que provavelmente mereciam.

— Ela me contou o que pensou que me impediria de ajudá-lo — eu disse com sinceridade. — Mas não importa. Ainda vou tentar ajudá-lo.

Ele expirou devagar, mostrando seu alívio. Sua reação me ajudou a me certificar de que eu estava fazendo a escolha certa.

— Vamos continuar como estamos e, em certo momento, se cumprir sua palavra de não gastar suas energias com alguém com exceção de Rose, vai conseguir fazer o que deve.

Agora, eu só precisava manter a esperança de liberdade dele viva enquanto o impedia de quebrar a maldição até ele aprender a ser uma pessoa melhor a fim de administrar adequadamente. A impossibilidade da tarefa não estava perdida para mim.

A fera aguardava do lado de fora do meu quarto na manhã seguinte.

— Vamos trabalhar na cozinha de novo hoje — eu disse e liderei o caminho sem esperar a resposta dele.

Ele me seguiu em silêncio enquanto eu pensava no meu plano.

Eu já tinha lhe mostrado o orgulho que vinha com o trabalho das próprias mãos, graças à aposta sobre fazer o café da manhã. Planejava continuar nesse tema. Mesmo assim, eu sabia que ele iria se cansar de cozinhar a não ser que tivesse algum tipo de recompensa que o inspirasse. Recompensas sempre pareciam ajudar a promover o comportamento desejado. Afinal, Papai mantinha sua classe quieta com a promessa de serem dispensados mais cedo, e Bryn havia ensinado a cabra a ficar quieta para ordenhá-la lhe dando cenouras. Eu tinha certeza de que poderia fazer algo parecido com a fera. Ainda assim, precisava ter cuidado com o que oferecia como recompensa. Pensei com cautela nas minhas opções e decidi que, às vezes, elogio era uma recompensa suficiente. Começaria com isso.

Na cozinha, usamos os livros dos chefs para fazer um café da manhã elaborado, o qual não comemos até próximo ao almoço. Coberta de farinha, um pouco de ovo e algumas manchas desconhecidas, sentei-me à mesa com um suspiro. A fera tinha ajudado com boa vontade o tempo todo e não parecia menos sujo.

— Nunca mais vou subestimar a habilidade de Bryn na cozinha — eu disse, olhando a mesa.

A comida diante de nós parecia questionável. O livro listara muitas versões diferentes de um tartelete de ovo. De acordo com a escrita do chef, o ovo causaria uma mistura que cresceria bem acima da crosta. A nossa estava grudada em uma crosta bem rígida e escura.

— Pensei que todas as mulheres aprendessem a cozinhar — ele disse, cutucando o ovo.

— Talvez a maioria saiba. Eu queria aprender a escrever e calcular, em vez disso — eu disse. — Achava que havia quebra-cabeças muito mais interessantes a serem resolvidos assim. Encontrar resultados é como ganhar um jogo, e me dá uma satisfação imensa. Se não posso ler, então prefiro ficar lá fora, não na cozinha, ou, pior, costurando.

Corajosamente, tentei cortar a tartelete. Cortei para a frente e para trás a fim de forçar a lâmina a cortar o ovo. Conseguindo cortar um pedaço, ofereci educadamente à fera.

— Quais eram seus passatempos favoritos? — perguntei, falando no passado para que eu pudesse observar seus olhos enquanto pensava em seu antigo eu. Será que ele gostava daquele homem? Será que conseguia ver algum de seus defeitos?

— Faz tanto tempo que não me lembro — ele respondeu antes de tentar dar uma mordida. Fez uma careta ao mastigar, mas não prestei muita atenção a isso.

Havia percebido a mentira nos olhos dele. Ele se lembrava de seus passatempos, mas não queria admiti-los para mim. Será que se envergonhava deles? Eu esperava que sim.

— Então é melhor você tentar descobri-los. Ou encontrar novos. Como está? — perguntei depois que ele mastigou por bastante tempo.

— Horrível — ele disse direto, colocando o pedaço na mesa.

Dei risada, roubei seu pedaço para não precisar cortar a tartelete de novo, e dei uma mordida pequena. O gosto estava bom, mas a textura a arruinou.

— Não está ruim para uma primeira vez. Acho que assamos demais ou o fogo estava muito alto. Vamos tentar de novo.

Fizemos mais três tarteletes ao longo do dia. A última passou pela aprovação de nós dois, embora estivesse longe dos pratos finos que a fera conseguia fazer com a magia.

Depois de terminar a última mordida, levantei com um suspiro.

— É melhor começarmos a lavar tudo se quisermos ver nossas camas ainda esta noite.

— Lavar? — ele perguntou, encarando-me com um pouco de pavor.

— Os recipientes, as panelas, colheres e toda a superfície aqui. Acho que espirramos ovo até no teto. — Apontei para uma mancha que tinha visto voar da tigela da fera durante nossa primeira tentativa.

— Não — ele disse com firmeza.

— Entendo.

Enquanto cozinhava, sua cooperação tinha sido fácil apenas pedindo sua ajuda e elogiando seus esforços. Obter sua cooperação para limpar exigiria mais do que um pedido de ajuda e uma palavra agradecida.

Inclinei-me e comecei a desamarrar minhas botas. Meus pés doíam de ficar em pé no mesmo lugar na maior parte do dia, e eu queria andar descalça no piso frio. Mas, mais ainda, eu sabia o que pareceria para a fera.

— Se não quer ajudar, não vai me decepcionar; mas peço que saia para não me atrapalhar. — Tirei uma bota, depois a outra. — Se ficar, vou colocá-lo para trabalhar.

Levantei-me com um alongamento e senti os olhos dele em mim conforme fui pegar um pouco de água. Ele me observou colocá-la no fogo para aquecer. Sabendo que tinha sua atenção, fiquei em pé diante das chamas por um instante e ergui a saia debaixo para limpar o rosto, expondo uma perna até a coxa.

Atrás de mim, a cadeira da fera arranhou o chão conforme ele se afastou da mesa. Soltei minha saia, voltando-a ao lugar. Ele não se mexera rápido o suficiente para ver alguma coisa; mas, sem dúvida, ele sabia que tinha perdido alguma visão.

— Você está ajudando? — perguntei, virando e arqueando a sobrancelha para ele de maneira inocente. — Se não, está me atrapalhando.

— Vou ajudá-la um pouco — ele disse relutante, olhando para minhas saias.

Suprimi um sorriso triunfante.

Limpamos por muito tempo. Quando ele fazia alguma coisa especialmente útil, eu o agradecia e fazia algo inocente para revelar um pouco da minha pele. Na minha cabeça, não era nada que ele já não tivesse visto quando passara o dia nua em sua presença. Mas os vislumbres pareciam ter um efeito ainda maior.

Um vislumbre da minha panturrilha nua quando fiquei em pé em uma cadeira enquanto tentava limpar o teto o fez ficar me observando discretamente depois. Ele sempre me observava, mas sua tentativa de me olhar discretamente chamava mais atenção para seu respeito.

Quando tirei a água quente do fogo, usei minha primeira camada de saia para proteger a mão e deixei apenas a saia de baixo me cobrir. Ele estava lavando o lugar do açougue, e eu sabia que o fogo brilhava através de minhas saias e delineava minhas pernas.

— Nunca falamos sobre a questão das minhas roupas de baixo — eu disse, virando-me para ele, inocente. — Eu as terei de volta? — Levei a água até o lavatório e aguardei sua resposta.

— Elas estarão lá quando você precisar — ele respondeu rouco.

Eu o agradeci e continuei trabalhando.

Pelo restante da noite, foquei em não exibir mais nada.

As roupas de baixo não reapareceram na manhã seguinte, e eu sorri ao escolher um vestido para usar. Outro simples, embora o guarda-roupa mantivesse sua variedade de sempre.

Sem querer que ele ficasse entediado com qualquer tarefa, decretei que iríamos tentar descobrir alguns de seus passatempos antigos. Eu sabia quais eram alguns deles e, sinceramente, não queria que ele pensasse neles de novo, então o levei ao último lugar que os descobriríamos.

Conectada à biblioteca, uma porta levava à sala de estudo do Lorde. Invadimos o cômodo empoeirado com o pretexto de procurar pistas.

Na escrivaninha, havia um livro de registro aberto. Olhei para ele casualmente ao circular o cômodo pequeno. Muitos dos livros que enfeitavam as estantes eram livros de registro antigos ou contas da família do dia a dia. Uma letra feminina cobria as páginas abertas do livro mais atual. O último número anotado fora sublinhado com força. Trinta e sete moedas de ouro. Uma quantidade absurda para mim, mas parecia pouco para uma propriedade grande.

— Quantos criados moravam aqui? — perguntei, voltando à porta do cômodo, mantendo-o intacto.

— Vinte, em qualquer época — ele disse me seguindo com os olhos.

Flagrei algo nas profundezas dele, mas desapareceu rapidamente. Fez-me sentir vulnerável, como se ele conhecesse meu jogo.

Assenti, absorvendo sua resposta, mas não disse nada.

— Você já dançou, Benella?

— Já — eu disse, imaginando o motivo da pergunta.

— Quero lhe mostrar uma coisa. — Ele pegou minha mão e entrelaçou os dedos nos meus.

Franzindo o cenho para nossas mãos unidas, eu o segui para onde ele me levou, para um cômodo enorme e cavernoso com um piso de madeira encerado. As cortinas estavam puxadas e as janelas, abertas. Um par de pássaros canoros pousaram no peitoril de uma janela e começaram uma melodia baixa, e adicionei pássaros à lista de criaturas que talvez pudessem ter sido humanas. Com um pavor interno, pensei em todas as armadilhas que colocara perto da propriedade e torci para não ter comido alguém sem querer.

A fera me girou e me apertou ao seu peito. Inclinei a cabeça para trás a fim de olhar para ele conforme ele me guiava em uma dança giratória que esvoaçava minhas saias em volta das pernas. Meus pés se arrastavam no piso enquanto ele me guiava por movimentos desconhecidos. As viradas rápidas que ele executava faziam minha cabeça girar, e eu dava risada, o que o fazia me girar mais rápido. Uma de suas mãos estava apoiada na minha lombar, seu calor penetrava meu vestido até eu mal conseguir me concentrar na dança. Achei a sensação esquisita. Não perturbadora, apenas diferente.

Durante momentos como aquele, eu gostava muito da fera. Ele parecia brincalhão, sincero e disposto a agradar.

Os pássaros finalizaram a música, e a fera me fez parar, mas não me soltou. Olhei para ele com expectativa, ainda sorrindo.

— Me lembro de achar a dança entediante — ele disse devagar. — Uma exigência social. Acredito que posso ter entendido mal. Tem muito mais potencial. — Um sorriso discreto tomou seus lábios. — Principalmente quando sei que minha parceira não está usando roupas de baixo.

Minhas sobrancelhas pularam para cima antes de eu conseguir impedir.

Usando a mão que não estava ancorada em minha lombar, ele a ergueu e começou a soltar minha trança, lembrando-me de que ele não era uma fera domesticada.

— O que está fazendo?

— Faz um mês — ele disse com um leve ronronar na voz. — Posso tocá-la agora.

Meu coração congelou e o pânico se apossou de mim.

— Respire, Benella — a fera disse baixinho.

— Pare. — A palavra saiu estrangulada, mas encontrei força para empurrá-lo.

Seu abraço de ferro se enrijeceu por um instante antes de ele soltar as mãos. Ao me libertar, meus medos se acalmaram um pouco.

— Você não vai me usar como fez — Respirei para me acalmar. — Se abusar de mim, eu vou embora — jurei. — E nenhuma ameaça vai me obrigar a retornar.

A fera fez careta para mim.

— Você tem a capacidade de arruinar um dia perfeitamente bom — ele disse.

— Como eu arruinei? Não fui eu que pensei em me forçar em outra pessoa. — Lancei um olhar desafiador a ele.

Ele rosnou para mim, depois olhou para fora pela janela, claramente frustrado, mas mantendo distância.

— Você tem Rose, caso não se lembre — eu disse. — Economize sua energia para ela. Eu sou apenas sua inspiração.

— Você não tem sido muito inspiradora — ele respondeu, referindo-se à sua última tentativa. — Se eu for muito inspirado, as pessoas se machucam.

Ele hesitou, mostrando que se arrependia de verdade por suas ações. Precisava se controlar mais. Mas como eu poderia ensinar-lhe a abnegação?

— O que você acha completamente não inspirador? — perguntei.

Ele fez careta para mim e permaneceu em silêncio. Entendi o que ele queria dizer.

— Se puder descobrir o que não o inspira, algo que possa usar para se acalmar e provar para mim que funciona, farei um esforço para ser mais inspiradora.

Deixei-o no cômodo iluminado pelo sol.

Ele se absteve da minha presença pelo restante do dia e pelos dois dias seguintes. Eu me mantive ocupada na biblioteca, lendo um livro que encontrei sobre pesca e a variedade de iscas dependendo do clima e da hora do dia. De vez em quando, eu sentia que alguém me observava; mas, quando olhava para cima, não havia ninguém.

Bandejas apareciam ao meu lado em horas aleatórias. Olhando para os pratos, eu sabia que ele tinha feito muitos deles, e me esforcei para não sorrir triunfante. Cozinhar não indicava mudança, mas mostrava progresso.

Na terceira manhã, vi o jardim cheio de erva daninha e voltei para dentro, confusa. Depois disso, comecei uma exploração pela mansão e encontrei muitas mudanças. Lençóis mal lavados espalhados na lavanderia, havia um amontoado de lenha na cozinha, e o cheiro era como se alguém tivesse esfregado o chão da entrada principal.

— Sir? — chamei alto.

A névoa se desenrolou pelo piso quase que imediatamente.

— O quê? — A pergunta rápida e a altura com que ele falou mostravam sua irritação.

— Estou curiosa com o que ficou fazendo esses últimos dias.

Ele bufou.

— Tentando encontrar alguma coisa não inspiradora.

— Teve sorte? — Evitei qualquer traço de humor na minha voz.

— O que acha?

Ignorei seu sarcasmo.

— Tentou rever os livros de registro dos Lordes anteriores para determinar o que foi lucrativo para a propriedade naquele ano e o que a fez perder dinheiro? Eu não começaria com algo recente. Talvez duas gerações antes? Procure um padrão e tente determinar o que teria feito diferente.

Ele não respondeu. Em vez disso, saiu, levando sua névoa junto.

Passei outro dia sem nada para fazer.

A fera me acordou ao invadir meu quarto. Ele usava calça e uma camisa quase inteira desabotoada.

— Estou pronto para tentar de novo hoje — ele disse.

Eu me sentei lentamente, deixando as cobertas caírem. A camisola fina deixava pouco para a imaginação.

— Os livros de registro provaram não ser inspiradores? — perguntei quando tirei as cobertas das pernas e levantei da cama.

A névoa rapidamente se amontoou ao redor dele.

— Sim.

Fui para o guarda-roupa e escolhi outra camisola fina.

— Estou pronto para tentar de novo hoje — ele repetiu como se eu não o tivesse ouvido.

Sorrindo por cima do ombro, assenti, depois voltei a atenção para as camisolas.

— Você pode estar, mas eu exijo prova antes de andar nua de novo. Por favor, me dê licença enquanto me visto — eu disse calma. — E sem névoa hoje — complementei quando ele se moveu para sair.

Ele rosnou e bateu a porta, me deixando para vestir.

Alguns minutos mais tarde, saí. Ele andava de um lado para outro no corredor, totalmente sem a névoa.

Sorri, cumprimentando-o.

— Pensei que pudéssemos jogar um jogo na biblioteca.

Sem aguardá-lo, caminhei pelo corredor em direção à biblioteca. Seus passos pesados soaram atrás de mim depois de um instante.

Quando ele me viu ir até o jogo de tabuleiro, deu um leve gemido rosnado de frustração.

— Estou cansado desse jogo.

Sentada em uma cadeira almofadada, olhei para ele.

— Mas eu não. Por favor, sente-se — eu disse, meu tom era mais de comando do que um convite.

Ele curvou os lábios, mas se sentou. Muitos minutos de jogo, eu podia sentir a impaciência crescente dele e resolvi que era hora de distraí-lo. Havia selecionado uma camisola com cuidado naquela manhã. A maioria das camisolas simples e apropriadas tinham duas camadas no corpete, um forro macio e fino e um mais grosso por cima. A camada inferior, tipicamente branca, impedia que o decote abrisse se amarrado adequadamente. Eu tinha amarrado de maneira frouxa.

Ao colocar o cotovelo na beirada da mesa, inclinei-me para a frente a fim de apoiar o queixo na mão. Após um instante, a fera parou de se mover. Eu esperei mais um segundo, depois mexi minha peça com um sorriso satisfeito antes de me endireitar.

Quando olhei para cima, seus olhos analisavam o tabuleiro intensamente.

Em sete jogadas, o jogo tinha mudado para o lado mais longe do tabuleiro. Eu queria rir de sua perspicácia. Ele poderia ter finalizado o jogo, mas jogava com outro objetivo. Dei-lhe o que sabia que ele esperava e me levantei um pouco, inclinando-me na cintura para fazer minha jogada seguinte. Ele fez um barulho curto, e eu rapidamente olhei para cima, franzindo o cenho de verdade.

Ele encontrou meu olhar.

— Sir? — perguntei baixinho.

— Vá comer — ele disse.

Olhei para além dele e vi uma bandeja na mesa.

— Vamos continuar depois — ele disse.

Somente quando levantei e me afastei dele que percebi que não estava escutando seu rosnado. Quando olhei de volta para ele, ele tinha sumido. Pelas portas da sua sala de estudo, eu o vi se sentar na escrivaninha.

Sorri.

A cama afundou, acordando-me o suficiente para me fazer mudar de posição. A mão da fera tirou o cabelo do meu rosto.

— Durma — ele sussurrou.

Em vez de cair no sono de novo, a voz dele me acordou mais. Ele parecia triste.

— Sonhos agitados?

— Sim. — Ele me puxou para perto de sua lateral com um suspiro.

Eu me aconcheguei, deitando a cabeça em seu ombro, e minha mão no peito dele. Eu o acariciei suavemente conforme voltava a dormir.

Debati sobre o que usar no dia seguinte e decidi vestir o normal. Eu o havia provocado o suficiente com um pouco de pele no dia anterior. Naquele dia, eu tentaria provocá-lo com palavras.

Torcendo minha trança, eu a prendi em um coque atrás da cabeça, depois abri a porta com um sorriso. A fera me aguardava do lado de fora, vestido de novo com calça.

— Sem jogos hoje — prometi.

A boca dele se curvou para baixo em uma discreta expressão descontente, e eu me virei rapidamente para esconder o sorriso.

Na cozinha, comecei a fazer o café da manhã e pedi a ele que ajudasse em pequenas ações: acender o fogo, pegar uma tigela, mexer os ovos. Ele fez tudo sem reclamar. Quando nos sentamos para comer, eu lhe servi uma grande porção e o agradeci pela ajuda. Ele não respondeu nada. Comemos em silêncio por muitos minutos enquanto eu pensava em flertar e no conselho das irmãs. Sofri para encontrar algo para dizer.

— Você está incomumente quieta — ele disse, me analisando bem.

— Assim como você.

Ele olhou de volta para sua comida.

A recomendação de Aryana de ser eu mesma me fazia querer enrugar o nariz. Resolvi fazer um elogio sincero.

Estiquei o braço e toquei levemente o dele.

— Acho que estou começando a gostar de morar aqui — eu disse rápida e sinceramente. — Sem seu rosnado bom, eu gosto de viver com você.

O olhar dele penetrou o meu como se estivesse tentando encontrar algum significado oculto.

— Gosta? — ele perguntou baixinho, mas seu tom indicava um pouco de raiva.

Inclinei a cabeça, franzindo o cenho.

— Foi errado da minha parte lhe dizer isso?

— Por que está me dizendo isso?

Meus lábios se curvaram com sua suspeita, mas meu divertimento rapidamente se esvaiu quando um estrondo começou em seu peito. Retirei lentamente a mão de seu braço.

— Como posso esperar sinceridade de você se não posso ser sincera? — perguntei, confusa com sua reação. Em vez de encará-lo, olhei para baixo e dei outra mordida.

Ele continuou a rosnar baixo enquanto eu mastiguei e engoli.

— Já descobriu algum dos seus passatempos anteriores? — perguntei, tentando mudar de assunto.

— Na verdade, descobri — ele disse com um ronronar.

Antes de eu perceber sua intenção, ele me puxou e me sentou no colo dele. Não reagi, com exceção de olhar para ele. Por algum motivo, dizer a ele que eu gostava dali o havia irritado. Não entendi por que mas entendi que não podia confiar em seu humor volátil. Peguei um biscoito deformado e dei uma mordida, comendo tranquila como se estivesse sentada em minha própria cadeira.

O passatempo de que ele se lembrava estava machucando minhas costas no momento. Pensei no que exatamente eu fizera para causar isso. Qualquer que fosse a questão, não pretendia ficar ali para descobrir aonde seu humor do momento levaria.

Peguei um pedaço maior e encontrei seu olhar faminto.

— Abra a boca — eu disse baixinho.

A surpresa iluminou seus olhos um instante antes de ele fazê-lo.

Em vez de colocar o pedaço maior na boca dele, joguei o restante do biscoito. Ele grunhiu, depois afrouxou seu abraço para tossir na mão. Eu saí rapidamente de seu colo e fiquei em pé ao lado da minha cadeira, olhando-o com cautela enquanto ele continuava a tossir e engasgar.

— Está tentando me matar?

— Nem um pouco. Mas estou tentando descobrir por que o deixei bravo.

Ele se levantou com uma lentidão ameaçadora, e peguei meu prato com ovos frios e joguei o conteúdo nele.

— Pode parar de jogar comida em mim? — ele rugiu.

A frustração em seu tom diminuiu um pouco do meu medo, e dei risada da minha própria audácia. Os olhos dele se estreitaram. Gritei e saí correndo pela porta que dava para fora, mal fechando-a. Alguma coisa pesada bateu nela. Fiquei rindo em silêncio.

— Ainda consigo ouvir você — ele berrou.

Ele estava bravo de verdade, mas alguma coisa me fez rir de novo. Era um desafio, e eu corri rápido, descalça, pelo matagal. Atrás de mim, a porta se abriu com força. Ri mais alto e corri mais rápido. Um caminho ao redor da frente da casa se abriu para mim. Atrás de mim, escutei com atenção o berro nervoso da fera conforme ele corria por ele.

— Me lembro de um passatempo da *minha* infância — gritei, indo mais devagar. — Eu era muito boa. Vamos ver se ainda sou.

Ele rugiu em resposta, obviamente ainda bravo.

Avançando, cheguei ao pátio da frente e no caminho de cascalho. As pedrinhas penetravam na sola dos meus pés, mas eu não diminuí a velocidade. Do outro lado, o ninfo acenava para mim. Sorri e corri em sua direção. Ele apontou a direção para outro caminho aberto.

— Obrigada. Avise os outros para ficarem fora de seu caminho e manterem o caminho aberto, por favor.

Ele assentiu quando passei correndo por ele.

Corri até encontrar uma árvore grande à direita, na qual subi rapidamente. Segundos mais tarde, a fera corria com suas patas, e eu sorri olhando o ovo ainda grudado em seu pelo.

Pulei da árvore e corri de volta por onde tinha vindo. O ninfo não estava mais em nenhum lugar. Subi as escadas da mansão correndo, abri a porta e entrei. Não diminuí a velocidade ao subir correndo para meu quarto ou quando abri as portas para o quarto dele. Fechei tudo atrás de mim antes de me esconder debaixo da cama dele.

Muitos minutos se passaram. Seu rugido do lado de fora sacudiu o quarto, e eu comecei a duvidar da estratégia do meu jogo improvisado. Não havia nenhuma estratégia. Eu tinha feito algo totalmente ultrajante para distraí-lo de sua excitação. E aonde isso tinha me levado? Para baixo de sua cama. Logo quando pensei em sair e encontrar um local mais seguro, a porta do quarto se abriu por completo. Escutei tecido se rasgando e móveis se quebrando. Estremeci, arrependendo-me da minha espontaneidade.

A porta do quarto dele se abriu, e prendi a respiração. Escutei-o andar pelo quarto. Não tentei olhar e seguir seus passos. Fiquei completamente parada.

De repente, suas mãos seguraram meus tornozelos, e ele me puxou de debaixo de sua cama. Olhei para cima em choque para a fera, que pairava a apenas centímetros de mim.

— Achei você — ele ronronou.

— Achou porque roubou — eu disse com pressa, incerta de seu humor. — Você não contou pelo tempo apropriado.

Ficamos parados, olhando um para o outro. Eram tantos sentimentos que passavam por seu olhar que eu nem conseguia começar a especular o que significavam.

— Vá — ele disse de repente, afastando-me dele. — Me deixe em paz.

Sem hesitar, saí correndo para meu próprio quarto. Assim que as portas se fecharam, um barulho de algo se quebrando veio do quarto dele.

Pensara em flertar com ele, mas tinha apenas feito isso com um elogio sincero. Encarei as portas pensando no que tinha dado errado.

Sete

Após duas semanas de anulação silenciosa — da parte dele, não da minha —, finalmente o encontrei na cozinha, esperando perto de uma mesa arrumada. Eu me aproximei com cuidado e parei a uma boa distância.

— Sente-se — ele comandou. — Coma.

— Não, obrigada — eu disse baixinho.

Ele grunhiu de frustração, mas não rosnou.

— Por que não?

— Parece que o irrito independente do que diga ou faça. Então você me irrita e, de repente, você está com mais comida minha.

Ele bufou e me analisou por um instante.

— Um suborno, então? Que preço você quer para se sentar e comer comigo?

— Uma refeição completa sem comida decorando seu pelo?

Ele assentiu com um leve sorriso curvando seus lábios.

— Respostas — eu disse.

— Para quais perguntas?

— Ainda não sei. Tudo que peço é sua sinceridade tranquila. Em vez de dizer que uma coisa não é da minha conta, me fale por que não quer responder a pergunta.

Fui até a mesa, sabendo que ele faria o que pedi.

— Por que minha declaração de gostar daqui o irritou?

— Pensei que fosse mentira.

— Não pensa mais?

— Não.

— Por que não?

Ele suspirou arrojado e afastou seu prato.

— Por causa… de muitos motivos.

Dei uma mordida e esperei. Ele não me desapontou.

— Você não guarda o que está pensando. E está disposta a arriscar minha raiva para falar a verdade. Embora eu tenha lhe dado razão suficiente para partir, você ainda não o fez. Não age de forma ressentida comigo, nem faz exigências ultrajantes ou egoístas quando tem a oportunidade. O que mais posso pensar além de que gosta mesmo de viver aqui, comigo? — ele disse baixinho.

Sorri amplamente para ele.

— Bom, não há muitos lugares aonde eu possa passar o dia nua — zombei. — Talvez seja isso.

Ele deu uma meia risada e começou a comer. Ousei torcer para que estivéssemos realmente nos tornando amigos. Estiquei o braço para descobrir um prato e ver o que mais ele tinha feito.

— Espere, está

Tarde demais, toquei a tampa quente e queimei dois dedos. Chiei de dor. A fera veio rápido para meu lado, ajoelhando-se ao lado da cadeira.

— Deixe eu ver. — Sem esperar que eu me mexesse, ele pegou minha mão.

A ponta dos dedos estava vermelha. Ele os levou à boca, pondo a língua para fora para lamber os dedos. Meu coração bateu de forma esquisita conforme meu peito se apertou. Ele os lambeu de novo, tirando mais a dor. O calor subiu por meu pescoço, e um calor estranho começou no meio do meu corpo. Franzi o cenho para ele.

— Obrigada — eu disse, tirando a mão. — Está bem melhor.

Seu olhar encontrou o meu, e ele assentiu lentamente, uma emoção desconhecida iluminou seus olhos.

O que ele viu quando olhou para mim?

***

Depois de colocar um vestido simples para o dia, levei a fera para uma caminhada a fim de visitar a antiga árvore que tinha falado comigo duas vezes.

— Como era sua vida aqui antes de Rose enfeitiçar tudo? — perguntei, sentando-me na beirada da lagoa.

— Sinceramente, não me lembro dos detalhes. Bebia vinhos e bebidas chiques, entretinha muitos convidados, jogava jogos. Por que pergunta?

— E sua família? — Tirei minhas sandálias, depois puxei as saias para cima para entrar na água. Ela esfriou minha pele.

— Meu pai morreu muito tempo antes de Rose me enfeitiçar. Minha mãe ela partiu um pouco antes de Rose chegar. — Ele pigarreou. — Minha mãe estava doente e foi para o sul buscar ajuda. Ela morreu há anos.

— Você é sozinho.

— Eu era — ele disse.

Meu estômago se aqueceu com a declaração dele.

— É fundo? — perguntei, mudando de assunto.

— Nem um pouco. Por quê?

Sorri para ele, saí um pouco, depois chutei a água, acertando toda a cara dele. Ele arfou indignado por um instante antes de me perseguir para a água espirrando tudo, encharcando-me toda.

Pegando mais água para jogar nele, declarei guerra. Os espirros dele superaram facilmente os meus nos minutos seguintes.

— Eu me rendo — gritei, enfim.

O pelo molhado e emaranhado dele estava grudado, e estremeci em meu vestido encharcado.

— Poderia, por gentileza, preparar um banho quente para mim no meu quarto? — perguntei, gaguejando.

— Claro — ele disse, levando-me à porta da frente.

Um rastro de água marcou nosso progresso conforme seguíamos para os respectivos quartos. Ele me deixou na minha porta com uma reverência e foi para sua própria suíte.

Uma tina enorme me aguardava, a fumaça saindo da água. Tirei o vestido agradecidamente e me afundei com um suspiro. Nem um segundo mais tarde, a porta atrás de mim se abriu e fechou.

— Você quer me ver tomar banho? — perguntei, resistindo à vontade de me virar.

— Quero — ele respondeu baixinho.

Senti uma pontada de pena por ele. Ele ia encontrar Rose de novo. Assenti e submergi, molhando o cabelo novamente.

Corajosamente, fiquei de joelhos, contando com seu controle. Minha metade superior esfriava no ar conforme eu pegava o sabão. Fechando os olhos, ensaboei meu cabelo, com os braços acima da cabeça. Um barulho baixo no carpete demonstrou sua movimentação para ver mais.

Amaldiçoando meu tremor no ar frio, enxaguei o cabelo, depois comecei a ensaboar as partes que ainda estavam fora da água. Curiosamente, meus mamilos se endureceram quando minhas mãos passaram por eles. Uma pontada minúscula foi do meu seio à minha pélvis. Repeti o movimento, analisando minha reação. Eu já tinha me lavado. Por que estava diferente daquela vez?

Um rubor de prazer aqueceu meu rosto, e enxaguei o sabão, consciente do meu público. Quando abri os olhos, ele não estava parado diante de mim.

Atrás de mim, a porta se abriu e fechou de novo.

— Boa sorte — sussurrei no quarto vazio antes de terminar meu banho.

Eu o senti deitar na cama ao meu lado em algum momento no meio da noite. Virei para ele e pousei uma mão em seu peito, sentindo seu pelo.

— O que aconteceu? — murmurei em minha decepção sonolenta.

— Quando fechei os olhos, imaginei você, mas — Ele suspirou. — Não foi suficiente.

Erguendo o braço, passei os dedos em seu ombro.

— Vamos tentar de novo — prometi antes de me render ao sono mais uma vez.

Cavalguei até Ponte assim que o sol apareceu no horizonte. Tinha duas moedas de ouro no bolso, um presente da fera. Daquela vez, não me incomodei em parar no estábulo, e fui direto para a casa das Irmãs. O guarda na porta dos fundos assentiu para mim quando desmontei e amarrei Swiftly à árvore.

— Nenhuma palavra sobre isso — sussurrei para o cavalo.

Swiftly empinou um pouco a cabeça, seus olhos na casa. Nas sombras atrás do guarda, eu vi uma bem nua Ila me aguardando.

— Se você for bom, eu a convenço a levá-lo para uma caminhada. Ela também não usa roupa de baixo — falei, rindo um pouco.

Ele fez um barulho esquisito, não de cavalo, e balançou a cabeça conforme me afastei.

— Estávamos esperando você voltar — Ila sussurrou ao me dar um abraço caloroso.

— Eu deveria ter vindo antes, mas meu mestre exige muito do meu tempo.

— Está tudo bem?

— Está. Mas tenho um objetivo com minha visita.

— Venha, vamos nos banhar.

Assenti e a segui, descendo as escadas.

Aryana não aguardava nas tinas, como sempre, mas Ila não pareceu surpresa.

— Fiquei tão acostumada a ver Aryana aqui embaixo que é estranho sem ela — eu disse enquanto íamos para o quarto dos fundos.

— Ela ainda está dormindo — Ila disse.

Conforme me ajudava a me lavar, abordei um dos assuntos na minha mente.

— Meu mestre me presenteou com um pouco de dinheiro, e tinha esperança de comprar um pouco do óleo que vocês usaram no meu cabelo. Gosto do cheiro dele.

— É claro — ela disse ao derramar água em mim a fim de enxaguar o sabão. — Eu mesma o faço.

— É adorável.

Ila riu um pouco.

— Vou fazer uma nova essência apenas para você.

Eu a agradeci enquanto nos secávamos.

— Tenho outra pergunta — eu disse depois de alguns instantes em silêncio. — Você explicou sobre energias reprimidas. Fico me perguntando se uma mulher também pode ter energias reprimidas.

Eu tinha visto a demonstração com Gen e, depois da minha interação com a fera, deduzi que visão e toque de uma mulher e seu corpo contribuem para as energias de um homem. Mas funcionaria do mesmo jeito para uma mulher? A fera tinha aludido que isso era possível. Mas, se fosse, será que a fera tinha o conhecimento para tentar e provocar as energias na feiticeira? Pensei que isso pudesse ser o cerne do problema em conseguir uma noite inteira de prazer. A fera certamente era capaz de encontrar seu próprio prazer, mas será que podia encontrar o dela?

Ila sorriu para mim.

— Podemos, sim. Mas não ficamos bravas como homens quando isso acontece.

— Como as energias de uma mulher se tornam reprimidas? — Eu queria ajudar a fera, mas parte de mim estava bem curiosa depois do comentário dele.

Ila fez um leve som de tosse.

— Talvez possamos discutir isso quando você voltar para pegar o óleo? Deve estar pronto ao meio-dia. Assim você tem tempo para visitar sua irmã.

Relutante, concordei e fui visitar Bryn.

Bryn contou empolgada sobre todas as pessoas que conhecia agora que estava noiva do filho do padeiro. Ela irrompeu em falar sobre como o padeiro a tratava como sua filha e frequentemente a levava em um tour pela padaria a fim de explicar sobre os negócios.

Tentei perguntar sobre o bebê, mas parecia irritar seu humor tagarela então rapidamente perguntei de novo sobre o casamento. Ela falou da lista de convidados do banquete do casamento e do sucesso crescente de Blye como costureira.

— Ela queria que eu perguntasse se você consegue encontrar mais alguns enfeites para chapéus ou se pode trazer mais daquela linha — ela finalmente terminou.

— Vou ver o que posso fazer — prometi, levantando-me para partir.

Levei Swiftly de volta às Irmãs. Ila me encontrou de novo na porta e me entregou um frasco do tamanho da minha mão.

— Não precisa usar muito. Aplique quando o cabelo estiver molhado e penteie.

Sorri para ela e lhe dei duas moedas de ouro.

— É muito — ela disse, arfando.

— Um adiantamento para o próximo pedido. Por favor, dê o que sobrar para meu pai.

Ela pareceu se emocionar com isso.

— Tem um instante para conversar? — perguntei, torcendo para que ela ainda pudesse explicar como as energias de uma mulher se tornam reprimidas. Sua aparição na porta e o fato de elas agora estarem recebendo clientes tornava isso improvável.

Ila olhou para sua direita, e Aryana apareceu.

— Precisamos deixar um pouco do mistério para você descobrir sozinha — Ila disse. — Se revelarmos todos os segredos da sedução, vai tirar a magia do momento.

— Sedução? — testei a palavra, tentando me lembrar do significado.

— Não é algo normalmente conversado em um ambiente educado. A arte da persuasão na qual o resultado final é — Ila olhou para Aryana.

— Acredito que fornicação seria a melhor palavra para nossa Benella.

Ninguém disse mais nada. Sem outra coisa para conversar, eu parti.

Quando voltei à mansão, frustrada, bati a porta da cozinha.

— Isso é incomum — a fera disse quando entrou no cômodo. — O que a aborrece tanto?

— Já ouviu falar das Irmãs Sussurrantes? — perguntei.

— Já, mas por que *você* ouviu falar delas?

— É onde meu pai dá aula. E fiz algumas amigas lá. Pelo menos achei que fossem minhas amigas. — Me joguei em uma cadeira. — Elas estavam sendo uma fonte inestimável de informação. Sabem coisas que me ajudaram a entender…

— Está recebendo conselhos de prostitutas?

Sua decepção repentina me surpreendeu.

— Não precisa gritar. De que outro jeito vou aprender essas coisas? Homens são criaturas complexas. Lance um feitiço em um deles, e ele fica impossível.

Ele deu um suspiro longo e profundo, e eu esperei que se acalmasse.

— Por que está aborrecida com elas? — ele perguntou.

— Como eu disse, elas estavam se abrindo com conselhos. Até hoje.

— O que você perguntou hoje?

— Como as energias de uma mulher se tornam reprimidas? Eu entendo transar, como você faz, mas não entendo qual é o atrativo para a mulher.

Ele fez um barulho abafado e saiu do cômodo imediatamente.

— Foi essa reação que elas tiveram — gritei para ele. — Acho que não é justo todo mundo guardar esse conhecimento para si mesmo.

Sério, como eu poderia ajudá-lo sem saber?

Oito

Encarei a escuridão muito tempo depois de ter apagado a vela.

— Benella — a fera sussurrou próxima, me assustando. — Você gostaria de entender como as energias de uma mulher se tornam reprimidas?

— Sim — eu disse frustrada. Mas não via o quanto ele seria preciso ao me instruir, dada sua falta de sucesso com Rose.

— Vai demorar — ele disse. — Muitos dias, talvez. E não posso lhe dizer, preciso lhe mostrar.

Ah.

Então talvez sua falta de sucesso com Rose não fosse devido ao seu conhecimento, mas sua técnica. Mostrar seria benéfico.

— E vou precisar tocar em você. Sem restrições.

Não gostei de como isso soou.

— Sem fornicação — alertei.

— Não, Benella — ele disse com uma tranquilidade engraçada.

— Então, tem minha permissão — eu disse, muito curiosa em relação a como exatamente ele faria. — Mas apenas com a condição de que você vai parar quando eu disser.

Ele se deitou ao meu lado e me puxou para perto como já tinha feito muitas vezes.

— De acordo. Agora, durma — ele sussurrou, as pontas peludas de seus dedos acariavam a pele do meu braço. Era muito bom, e logo meus olhos se fecharam.

Durante a noite, acordei com seu toque na minha barriga. Continuou bem leve, mas insistente. Trilhou um caminho padrão tocando a lateral inferior do meu seio direito antes de mergulhar e mal tocar os cachos entre minhas pernas.

Franzi o cenho, preocupada. Sua ereção pressionava minhas costas.

— Relaxe — ele sussurrou, voltando seu toque ao meu braço onde me preocupava menos. De novo, ele me embalou no sono.

De manhã, acordei ao seu lado, sem minha camisola. Suas mãos passeavam por minha barriga e meus braços. Uma explosão de calor iniciou em minha barriga onde seus dedos acariciavam um seio, apenas deixando o mamilo de lado.

— Bom dia — ele disse.

— Bom dia — respondi, desconfortável e pronta para pedir para ele parar. Mas ele se levantou sem eu pedir.

Seus olhos percorreram meu corpo, e meu coração acelcrou.

— Vou deixá-la para se vestir — ele disse.

Com um leve sorriso nos lábios, ele foi para seu quarto e fechou as portas que nos conectavam.

Eu fiquei ali deitada por um instante, indignada. Ele me tocara e fora embora. Seu controle me deixou aliviada. Ainda assim, se aquilo fosse um exemplo de como ele tentava incitar as energias de Rose, não era de se imaginar que não funcionasse.

Vestida com calça e uma camisa, encontrei-o no corredor.

— Interessante escolha de roupas. O que tem em mente hoje?

— Pensei que poderíamos pescar de novo.

— Vá na frente — ele disse disposto.

Lembrando do meu comentário da última vez em que saímos dos limites da propriedade, ele ofereceu para me jogar por cima do muro, o que aceitei rapidamente. Senti um friozinho na barriga ao ser lançada no ar. Tive uma queda suave na rede de videiras. Assim que elas me soltaram, a fera chegou com suavidade ao meu lado.

No rio, ergui as barras da calça, enfiei os pés na água e me sentei para pensar. Faltavam habilidades para a fera e as Irmãs não iriam me ajudar. Eu não tinha muitas outras opções para tentar ajudá-lo. Bryn iria fazer muitas perguntas se eu a abordasse, e não sabia se Blye tinha essa experiência.

— Você está muito quieta — ele disse ao meu lado.

— Estou tentando determinar nosso próximo passo — respondi distraída.

Será que eu ousaria falar com Rose para descobrir o que faltava? Ela tinha falado francamente sobre os esforços dele. Mas e se eu a irritasse ao perguntar? Acabaria transformada em um mosntro também? Não era uma perspectiva muito agradável. Falar com ela seria meu último e derradeiro recurso.

— O que quer dizer?

— Para ajudá-lo a durar uma noite inteira com Rose. Pensei que talvez poderíamos melhorar sua habilidade em provocar energias reprimidas em uma mulher, então poderíamos conseguir da próxima vez, mas não tenho conhecimento

— Melhorar minha habilidade? — ele falou precipitado e indignado.

— Bom, ontem à noite, você não provocou

— Não era para provocar. — A irritação dele era óbvia.

— Então qual era o objetivo?

— Você ficou com medo quanto a toquei esta manhã?

Balancei a cabeça. Mesmo nua eu não tinha sentido medo, apenas incerteza.

— Sentiu alguma coisa antes de eu sair?

A forma como ele me observava me fez pensar se ele sabia.

— Um pouco de calor no meio do meu corpo, mas não durou depois de eu me vestir.

Ele se esticou, tirou a vara das minhas mãos e a colocou de lado. Então, gentilmente, me empurrou para trás a fim de que eu deitasse na beirada do rio. Com calma, eu o deixei fazer o que queria, até ele começar a desabotoar minha camisa lentamente.

— Sir?

— Shh. Quero provar uma coisa, e não machucá-la.

Enruguei o nariz, o que o fez sorrir, mas não parou. Com meu sutiã exposto, ele trilhou os dedos pela minha barriga de novo.

— Então o calor foi aqui?

Meu coração deu um salto esquisito enquanto assenti.

— O que o causou exatamente?

Fiquei vermelha e me sentei rapidamente.

— Preferiria não falar sobre isso. Acho que minha abordagem foi equivocada. Mesmo se eu tivesse o conhecimento, acho que não conseguiria transmiti-lo sem, bom, fazendo isso. — Balancei uma mão para meu rosto vermelho. — Já pensou em visitar as Irmãs? Talvez elas consigam…

Ele soltou uma risada.

— Uma ideia intrigante. Mas você está aqui agora e pode me dizer exatamente o que fiz de errado. — Ele puxou minha camisa, encorajando-me a deitar de novo.

Pigarreei e tentei ignorar meu rosto quente.

— Não diria que foi algo errado. Nada me perturbou ou me assustou. Mas também não me inspirou — eu disse, usando as palavras dele.

— Entendi. Por favor, considere me dar outra chance — ele disse baixinho, seus dedos mais uma vez trilhando minha barriga.

— Sinceramente, não vejo como irei ajudar. Você passou cinquenta anos tentando — eu disse baixinho e sem censura.

— Mas se estiver disposta a me dizer os efeitos causados pelo que estou tentando, posso ajustar minha técnica. Melhorar, talvez?

Algo em seu olhar me deixou nervosa.

— E vai parar quando eu disser?

— Claro — ele me assegurou.

Assenti hesitante, concordando, e seu sorriso se ampliou.

— Feche os olhos — ele comandou, depois complementou —, por favor.

Na obscuridade atrás das minhas pálpebras, aguardei algo, incerta do que esperar. O que ele fez foi tocar minha barriga como já tinha feito. Um caminho lento de seus dedos sobre minha pele. Um círculo que se expandia devagar, até quase tocar a parte inferior do meu seio.

Estava ficando mais quente ali fora.

O passo seguinte foi passar os dedos na beirada do meu sutiã. Meu mamilo entorpeceu, e senti dificuldade para respirar normalmente. Seus dedos deixaram minha pele. Quando o escutei se sentar, pisquei confusa. Ele reapareceu acima de mim um instante mais tarde, segurando a vara.

— Você pegou um peixe — ele disse, entregando a mim.

Um peixe? Respirei para me acalmar. Minha pele pinicava com seu toque. Quando puxei a linha, vi meu erro. Ele tinha me acalmado e estava lentamente provocando uma tensão dentro de mim. Sua declaração de alguns dias agora fazia sentido. Ele demoraria para me provocar cada vez mais e me envolver em um mundo que ainda não entendia até a fornicação. É claro. A fera. Fiz careta.

Amarrei o peixe na linha de outra vara mais curta e enfiei a vara na beirada para que o peixe voltasse para a água. Minhas mãos se arrastaram para os botões. As mãos dele me abraçaram, fechando-se sobre as minhas.

— Ainda não — a voz rouca dele fez cócegas no meu ouvido.

Eu gostaria de parar agora. — Tirei as mãos dele e abotoei rapidamente.

Ele baixou a cabeça e não disse nada, mantendo-se próximo.

Peguei outro peixe e, pronta para sair de sua presença quieta e observadora, declarei que nosso tempo do lado de fora estava completo.

Depois de pular o muro e andar pelos campos e colinas, chegamos a uma margem de árvores ao leste da mansão. Na beirada delas, flagrei uma movimentação. Parei de andar e observei os ninfos, incapaz de perturbar um momento descontraído.

— Estou feliz por ele tê-la perdoado — comentei enquanto os ninfos se perseguiam.

— Perdoá-la? — a fera perguntou baixinho.

— No primeiro dia que li para você e você se divertiu com ela, ele se recusou a falar com ela depois.

A sobrancelha da fera se uniu conforme também os observava.

— Ela parece bem — complementei baixinho, analisando-o, em vez de olhar para os ninfos.

— É. Bastante — ele disse e se virou.

Quando olhei para os ninfos, ela estava de novo de joelhos diante de seu companheiro, o pênis de madeira na boca dela. Pensei como isso funcionava exatamente para árvores. Então imaginei se o padeiro gostaria de provar a seiva dela.

— Você vai estudá-los? — a fera disse com impaciência, já longe de mim.

Apressei-me para acompanhá-lo.

Um toque suave em minha coxa me acordou durante a noite. Minha pele estava quente e sensível, desconfortável, e meu coração acelerado no peito.

Sentei-me abruptamente, de novo nua.

— Pare.

A mão dele caiu quando me virei para olhá-lo. Ele estava deitado ao meu lado, me observando de perto. Eu tive o desejo absurdo de rolar na direção dele e abraçá-lo.

— O que está fazendo? — perguntei.

— Tocando você.

Ele parecia calmo, mas até a calça que ele usava não conseguia esconder sua ereção enorme. Sem perceber, eu tinha começado um jogo perigoso com o controle dele. Se ele não conseguisse se controlar, eu que ficaria quebrada e sangrando como a ninfa.

— Quando sugeri que poderia ser sua abordagem, não entendi. Agora, tenho uma ideia melhor do que a continuação disso significa para mim. E isso me aterroriza. Não quero acabar como a ninfa. Não quero ser usada e esquecida. Embora possa não me tratar como uma prostituta, me trata como um corpo sem cabeça. Já pensou em como a continuação do seu jogo vai me fazer sentir? — falei baixinho, esperando discutir com ele sem deixá-lo bravo.

Ele se inclinou.

— Eu a machuquei uma vez. Não vou machucá-la de novo. Juro.

— Fico feliz que concordamos. Por favor, saia.

Ele bufou.

— Acho que não — ele disse.

Ele esticou o braço, seus dedos acariciando minha coxa de novo, primeiro do lado de fora, depois na parte interna. Estava apenas a centímetros de onde elas se encontravam, seu toque causando uma queimação lenta. Eu queria desesperadamente puxá-lo para perto, e essa ânsia me assustava.

Saí da cama, peguei um travesseiro e me lancei para o outro lado do quarto. Ele se levantou, mas bem devagar. Entrei no quarto dele rapidamente e tranquei a porta. Então, com a mesma rapidez, tranquei a porta que dava acesso ao corredor.

Ele tentou abrir as duas com calma primeiro. Quando viu que eu o tinha trancado para fora, bateu nas portas anexas ao quarto.

Fazendo uma incursão em seu guarda-roupa, me cobri com uma de suas camisas, depois me sentei na cama dele.

As marteladas na porta se transformaram em raiva. Ele não gritou, apenas rosnou e golpeou do outro lado dos painéis de madeira.

O desejo de ir até ele, acalmá-lo, me tomava com ferocidade. Eu detestava ouvi-lo tão irritado. Mesmo assim, sabia que, caso abrisse aquelas portas, ele tentaria continuar o que tinha começado. Então, permaneci na cama, segurando meu travesseiro perto do peito enquanto observava um sinal do sol nascendo conforme o escutava tentar derrubar a porta. As portas seguraram a noite toda, consertando-se antes de ele quebrá-las por completo.

Com o sol, a balbúrdia dele se silenciou. Fiquei sentada em sua cama, cansada e pensando no que fazer. Depois de muitos minutos, saí da cama e andei de ponta de pé até as portas que levavam ao meu quarto. Coloquei a orelha na porta, mas não ouvi nada. Tentei abrir a maçaneta. Virei e, com cuidado, abri a porta.

O outro lado da porta era um patchwork de ranhuras profundas e numerosas. Ficou claro que muito pouco tinha me separado da fera. Conforme eu encarava, fibras minúsculas de madeira se moveram para remendar-se. Se não fosse pela magia daquele lugar, ele teria aberto seu caminho com facilidade pela madeira. Seu temperamento era assustador.

Meu quarto estava bagunçado com móveis quebrados e vestidos em farrapos. Senti-me totalmente aliviada por ter colocado uma das camisas dele. Não tinha nada em meu quarto que pudesse vestir.

Meu estômago roncou. Arriscando encontrar com ele e com sua raiva, andei na ponta dos pés até a porta que dava para o corredor e a abri.

Ele andava de um lado para outro no corredor nas quatro patas, uma névoa preta rodeava seus pés. Qualquer semelhança com o homem que ele fora durante a noite tinha desaparecido. Sua cabeça virou rapidamente para mim.

Antes que eu pudesse me mexer, sua névoa me envolveu. Sem conseguir enxergar, tateei para encontrar a porta. Em vez da porta, toquei o pelo dele.

Virei e tentei correr, mas ele me pegou no colo e começou a andar comigo. Não tentei me livrar.

— Você ainda está bravo — eu disse nervosa.

— Muito — ele rosnou.

— O que pretende fazer?

— Alimentar você.

Ele me colocou no salão da biblioteca. As névoas saíram de mim enquanto ele continuou escondido. Uma bandeja cheia de comida estava na mesa.

— Coma — ele ordenou.

Mordisquei um pouco da comida enquanto observava sua névoa andar de um lado para outro com ele. Ele foi para as prateleiras, e o barulho de um livro se arrastando de seu lugar me deixou curiosa.

— Coma — ele disse de novo.

Rapidamente dei outra mordida em uma tartelete enquanto tentava determinar seu humor. Obviamente bravo, mas determinado também. Será que ele tinha um objetivo em mente? Mas o quê? A luz se acendeu na lareira conforme chamas de repente apareceram. Ele rosnou, e eu terminei a tartelete com mais duas mordidas.

— Beba — ele disse com uma voz um pouco mais calma.

A água fresca gelada mal tinha tocado minha língua quando um livro caiu na almofada ao meu lado.

— Leia — ele disse baixinho. Era menos que um comando e mais um pedido.

A mudança repentina em seu humor me deixou desconfiada. Ele foi para trás de mim e, com delicadeza, pegou minha trança para desfazer o trabalho apressado. Meus olhos pairaram no livro. *As Propriedades Medicinais de Flora ao Norte.*

Meu interesse aflorou, peguei o livro e li conforme seus dedos mexiam em meu cabelo.

Acordei com seus dedos passeando por meu corpo. A névoa me envolvia para que eu não conseguisse ver nada. Seu toque era completamente livre com a camisa que eu estava usando. O calor me inundou. Eu tinha caído no sono lendo. Aquecida, cheia, cansada e embalada por seus dedos em meu cabelo, não tivera escolha.

A ponta de seu dedo passou por um mamilo, e eu arfei com a sensação pinicante que se espalhou por entre minhas pernas.

Abrindo a boca para protestar, ele me surpreendeu, cobrindo-a.

— Quieta e escute — ele disse, ainda me tocando, alimentando um fogo que me queimava por dentro. — Você exigiu que eu pensasse em como meu *jogo* a faria sentir.

O dedo dele passou por meu mamilo de novo seguido de perto por sua língua. As sensações de formigamento se espalhando por entre minhas pernas me consumiram. Ele banhou o bico macio por um instante enquanto eu arfava por ar.

— E eu pensei. E você? Como isso a faz sentir?

Esticando as mãos, curvei os dedos em seu cabelo e o puxei de volta para meu seio. Ele gentilmente o chupou de novo, o raspar de suas presas adicionavam prazer. O calor se espalhou devagar, provocando uma dor no outro seio.

Finalmente, entendi por que Bryn havia se deitado com Tennen. Bryn. Grávida e rejeitada. A percepção de como isso poderia terminar para mim esfriou o calor dentro de mim.

Me afastei de sua cabeça e me sentei.

Ele rosnou alto e me pressionou no fundo do sofá. Sua cabeça mergulhou para o outro seio, dando-lhe a mesma atenção ardente. Meus pensamentos estavam atrapalhados e, em vez de empurrar sua cabeça para longe, eu a puxei para mais perto de novo.

As mãos dele seguraram minhas pernas e começaram a colocar a direita por cima do sofá. Sua boca saiu de meu seio e sua língua passeou por uma trilha por minha barriga, que se afundava e se contorcia de forma selvagem.

Com sua semideserção, um pensamento claro penetrou na névoa da minha mente. Sara. O padeiro. O grito de vergonha dela depois de ele tê-la provado.

— Pare! — gritei alto, assustando a nós dois.

Ele se afastou, mas eu não conseguia vê-lo.

— Eu a machuquei? — ele perguntou, obviamente confuso.

— Seu monstro egoísta e individualista — gritei, balançando um braço e batendo na lateral de sua cabeça.

Ele grunhiu surpreso.

Eu me levantei rapidamente do sofá e me afastei dele.

— Você *sabe* o que eu quis dizer sobre sentimentos. — Minha voz ecoou um pouco no cômodo, e eu imediatamente respirei devagar. — Está tão concentrado em si mesmo que até usaria as pessoas que estão tentando ajudá-lo. Vê algo que quer e o pega independente dos sentimentos ou se é lhe dado livremente. Você coage e negocia para fazer do seu jeito.

A fera emitiu um rosnado profundo e longo.

— Não — eu disse com firmeza, interrompendo seu rosnado. — Você ainda é o Lorde, apesar de sua aparência. Lembre-se de sua responsabilidade. Lembre-se do que é para ser. É por *isso* que você foi enfeitiçado, por sua negligência total de cada responsabilidade e obrigação em busca da sua própria satisfação.

Seu rosnado aumentou, demonstrando raiva.

— Você não sabe de *nada* sobre minhas intenções.

A névoa saiu do cômodo. A fera sumiu.

Soltei a respiração presa, grata por ter escapado. Minha pele ainda pinicava, e procurei a camisa. Tinha sumido. Estreitando os olhos, fui para o meu próprio quarto. Estava perfeitamente reorganizado. Os lençóis e as cortinas agora eram verde-claros. O guarda-roupa branco estava aberto e vazio. Fui para o quarto dele. Seu guarda-roupa também estava vazio.

Sentando-me de novo na cama dele, debati meu futuro.

O progresso que tinha pensado que fizéramos havia evaporado na noite anterior junto com ele. Eu tinha falado muitas vezes sobre minha preocupação de que minha presença parecia deixá-lo pior, não melhor. Para ser sincera, meu objetivo tinha mudado de querer libertá-lo de sua maldição para ajudá-lo a se tornar uma pessoa melhor. Ambos pareciam contraprodutivos. Afinal, na forma que ele pensava, eu estava em sua casa para ajudá-lo a dar prazer a outra mulher por uma noite inteira.

Ele tinha deixado claro para mim que esperava que eu andasse pela casa sem nada ou quase sem nada desde o começo, e percebi que me levara ali para ser um objeto de gratificação. Eu havia negociado um mês sem toque — o que tinha se passado há muito tempo —, portanto, colocando-me como um objeto de inspiração. Só eu não tinha percebido isso. Agora que eu sabia o que ele realmente queria de mim, será que ainda conseguiria transformá-lo em um homem melhor?

Resmungando, voltei para a cama.

Obviamente, jogar coisas, gritar e bater nele não funcionavam. Depois da sua última tentativa, eu pensara que poderia usar o óleo de cabelo para ajudá-lo a associar um cheiro a mim. Então, ele poderia usar essa essência quando estivesse com Rose. Mas, antes de usar o óleo de cabelo, eu queria ter certeza de que ele sabia a forma correta de provocar as energias dela. Combinando isso, eu tinha muita certeza de que daria certo.

Nunca deveria ter questionado o conhecimento dele. Questioná-lo tinha sido um desafio. Ele não gostava de ser desafiado. Resmunguei de novo e usei um travesseiro para tentar me sufocar. Não deu certo.

Eu causei esse problema. Precisava consertá-lo e recuperar algumas roupas.

Depois de fazer uma simples refeição com queijo, pão e uvas, a qual eu encontrara na cozinha, carregara a bandeja para a biblioteca. As portas para a sua sala de estudo estavam abertas, chamando minha atenção.

— Sir? — chamei baixinho, segurando a bandeja.

— Vá embora. Você me incomoda — ele respondeu objetivo. Mexia nos papéis.

Eu o incomodava? Carreguei a bandeja até a porta.

— Queria me desculpar — eu disse, entrando na sala. Coloquei a bandeja na mesa dele, cobrindo alguns dos papéis que ele analisava. Entrelacei as mãos diante de mim, aguardando sua atenção.

— Vá embora — ele repetiu, sem olhar para cima.

Suspirei.

— Eu não deveria ter questionado seu conhecimento em um assunto no qual sou obviamente muito ignorante. Não que eu queira ser ensinada — rapidamente adicionei.

Ele ainda não olhou para cima.

— Entendo por que você assumiria isso como um desafio para provar que estou enganada.

— Eu não estava fazendo nada disso — ele disse em um tom irritado.

Eu o analisei quando ele continuou olhando e mexendo nos papéis.

— Não dói sentar no seu rabo?

— Dói. Pode sair, por favor?

— Por que não olha para mim?

— Porque vou ver sua beleza natural e ficarei tentado em continuar lambendo cada centímetro de sua pele.

Minha pele pinicou de novo com a lembrança, e me mexi desconfortável.

— Se não me quer nua, por que tirar todas minhas roupas?

— Pensei que seu problema em estar sem roupas fosse meu olhar. Se eu evitar olhar, por que vai colocar roupa?

— Posso pegar uma gripe.

A lareira em sua sala de estudo se acendeu.

— Duvido — ele respondeu.

Fera teimosa. Minha irritação com sua falta de vontade em ceder superava minha diversão com sua rápida destreza.

— O que está olhando? — perguntei determinada a não sair até descobrir que jogo jogávamos agora.

— Registros da propriedade. Alguém uma vez sugeriu que eu pudesse achar que acalmava. Vá embora.

Evitei bater o pé.

— O que encontrou neles?

— Exatamente o que você disse. Práticas que davam lucro à propriedade. De acordo com os registros, vendemos flores para produtores de vela no sul. Por acaso você viu alguma durante seus passeios?

— Na verdade, vi. — Ele ainda não olhou para cima. — Eu as vendi para o produtor de velas em Konrall.

— Ainda há um produtor de velas lá?

— Sim, e um açougueiro, um ferreiro, um funileiro e um padeiro. Você não sabe nada sobre o povo que mora perto da sua propriedade?

Enfim, ele olhou para cima.

— Você já me deu bastante sermão por um dia — ele disse, levantando-se da cadeira e andando até mim sobre duas pernas.

Permaneci no lugar conforme seu olhar pairou em meus seios, depois, desceu lentamente e subiu de novo. Ele ficou a centímetros de mim, seu olhar agora estava em meu rosto cor-de-rosa.

— Descobriu mais alguma coisa interessante nos papéis? — perguntei para distraí-lo.

— Muitas coisas, mas nada que eu gostaria de discutir no momento.

Com o dedo, ele trilhou um caminho sob meu seio. Minha pele pinicou, e meu seio começou a doer. Seu dedo passou por meu mamilo de uma forma ainda mais dolorosa.

— Por favor, pare — sussurrei. — Eu gostaria de uma das suas camisas.

Sua expressão faminta diminuiu.

— Eu não quis tirar de você — ele disse gentilmente, movendo a mão para meu rosto. — Você é muito linda, não apenas aqui — Seu dedo passou por minha mandíbula, depois ele se inclinou a fim de beijar minha testa. — Mas aqui também.

Seus lábios eram finos e duros por causa dos dentes imediatamente atrás deles. Ainda assim, eu nunca tinha sentido nada tão reconfortante. Naquele momento, eu sabia que estava me perdendo para a fera assim como Bryn tinha se perdido para Tennen. Será que eu acabaria rejeitada, como ela?

— Quando estiver livre — eu disse rapidamente —, você vai me esquecer. Não pode pegar tudo que sou porque preciso ser eu mesma quando você desaparecer.

Ele se afastou e me olhou nos olhos, sua expressão ficou séria. Aguardei, suportando sua análise minuciosa, torcendo para que ele entendesse.

— Obrigado pela comida, Benella.

Assenti e saí, sentindo seus olhos em minhas costas.

Felizmente, fui para meu quarto, mas ainda não havia uma peça de roupa. Que homem teimoso. Meu estômago roncou. E ele estava com minha comida.

Nove

Três dias depois, eu ainda estava sem roupas; e a fera continuava a me evitar. Ele escolheu se fechar na sua sala de estudo.

Impaciente com esse impasse e mais que entediada, eu o procurei.

— Gostaria de roupas para visitar meu pai.

— Você se importaria em atrasar sua visita por alguns dias, minha querida? — ele disse. — Preciso escrever algumas cartas e gostaria que as entregasse para mim.

Pisquei para ele enquanto meu coração dava um salto bizarro. Eu esperava sua recusa, mas não uma explicação ou o tratamento com carinho. Seu pedido pareceu razoável, e ele pediu de forma muito gentil. Com um suspiro, assenti.

— Ainda poderia ter algumas roupas?

— Quando for hora de sair, com certeza — ele disse distraído, seus olhos devorando as palavras no papel.

Esforcei-me para ter paciência.

— O tédio está me deixando irritada. Eu gostaria de andar lá fora.

— Acho que andar lá fora nua com todos os criados olhando não é uma boa ideia.

— É exatamente por isso que preciso de roupas.

— Minha querida, nunca vou terminar de escrever estas cartas se continuar me distraindo com essa conversa — ele disse.

Em vez de sair, eu me sentei na cadeira à frente de sua mesa, sentando de lado com os joelhos dobrados por cima de um braço enquanto apoiava no outro. Embora permanecer ali atrasasse seu trabalho e impedisse minha visita, eu não suportava mais o tédio.

— Sobre o que são as cartas?

— Negócios da propriedade. — Seus olhos se desviaram para mim e rapidamente retornaram para os documentos.

— A propriedade tem negócios? — perguntei com humor.

— Pode ter. Se eu conseguir terminar estas cartas.

Inclinei a cabeça para trás sobre o braço da cadeira e observei o cômodo de cabeça para baixo.

— Se não posso ter roupas e me ocupar lá fora, o que mais posso fazer além de incomodá-lo?

Um calor repentino envolveu meu seio direito, provocando uma chama familiar crescendo no meio do meu corpo. A sucção se arrastou com uma corda invisível que levou diretamente para o meio das minhas pernas.

Levantando a cabeça, eu vi a fera. Ele libertou meu mamilo com um som molhado e uma lambida antes de erguer a cabeça e encontrar meu olhar arregalado.

Ele não falou, e eu não consegui. Nos encaramos em silêncio por muitos minutos. Então, ele fez algo totalmente inesperado.

Aproximou-se de mim e pressionou os lábios firmemente contra os meus. Mas apenas por um instante. Não foi um beijo, como uma pressão quente de lábios macios, mas uma pressão de pele e dentes. Ainda assim, o gesto perfurou alguma coisa dentro de mim. Meu peito doeu com a doçura dele e a incerteza em seus olhos quando se afastou.

— Estou tentando — ele disse, endireitando-se. — Mas o que você fez foi muito tentador para ignorar. — Ele voltou para a mesa. — Por favor, encontre alguma coisa para fazer em outro lugar.

Eu me sentei quando ele se sentou.

Ele emitiu um gemido doloroso.

— Faça aquilo de novo — ele implorou.

Franzindo o cenho, confusa, comecei a me mexer de novo para a mesma posição antes que percebesse. Tinha retirado as pernas do braço uma de cada vez, dando um breve vislumbre da última parte de mim que ele ainda não tinha visto.

O sangue correu para meu rosto, e eu me levantei rígida.

— Acho que vou tomar um banho — murmurei, tentando sair do cômodo com dignidade.

— Isso não está ajudando — ele disse.

Meu coração martelando não voltou ao normal até eu chegar na lavanderia. Acendi a lareira, enchi a chaleira e esperei. A porta para o pátio me chamava, mas eu não tinha desejo de brincar nua com os ninfos. Então, a inspiração me atingiu. Ele havia tirado tudo que eu poderia usar como cobertura de seu quarto e do meu. Até as cortinas costumavam desaparecer se eu as olhasse por muito tempo. Mas e o armário de lençóis?

Empolgada, corri para o quartinho e peguei um lençol limpo branco das prateleiras. Rapidamente me enrolando nele, corri de volta para a lavanderia, torcendo para que ele não percebesse. Verifiquei pela janela para ver se havia alguma criatura enfeitiçada, então abri a porta.

A luz do sol me tocou assim que saí da mansão. Respirei o ar, provando o frescor dele. Com um sorriso, corri para longe da casa.

Tinha quase chegado nas árvores quando a ninfa veio correndo na minha direção. Ela balançou a cabeça e apontou de volta para a mansão.

— Não você, também — eu disse, diminuindo a velocidade.

Ela me olhou triste com seus olhos de madeira.

— Eu queria ver como você estava há muito tempo, mas ele não me deixa sair de sua vista com frequência. Está se sentindo melhor? Sinto muito pelo que aconteceu.

Ela ergueu o ombro e olhou para trás para as árvores. Seu parceiro masculino esperava ali.

— Vocês estão juntos de novo? — Eu não sabia outro jeito de falar isso.

Ela sorriu amplamente, compreendendo, e assentiu com vigor.

— Fico feliz por isso.

— Benella! — As vibrações do rugido da fera ribombavam pelo solo, pinicando a sola dos meus pés.

Os ninfos fizeram gestos para eu voltar para a mansão.

Com um suspiro, lentamente me virei e voltei. Ele tinha soado bravo, mas seu humor não me preocupava. Meu passo lento era para conseguir aproveitar o tempo lá fora.

Ele aguardou na porta da lavanderia. Apertei o lençol no corpo e parei a muitos passos dele.

— O que estava pensando saindo sem roupas? — ele perguntou em um tom calmo, mas eu conseguia ouvir a frustração e a raiva nele.

— Eu estava com o lençol.

Ele flexionou um dedo para mim. Enruguei o nariz e não me mexi.

— Estou cansada de ficar dentro de casa. Só queria andar um pouco. Eu estava coberta. — Passei a mão para indicar o lençol amarrado em mim. — Pelo menos as partes importantes estavam cobertas.

Ele saiu da porta para se aproximar de mim. Deu a volta em mim, inspecionando o lençol, depois parou bem atrás. Sua respiração esvoaçou meu cabelo por um instante antes de seus lábios roçarem na pele exposta do meu ombro.

— Todas suas partes são importantes — ele disse, movendo meu cabelo para o lado a fim de beijar minha nuca e continuar no outro ombro. — Eu gostaria de todas elas cobertas quando você sair.

Quando terminou com o ombro, foi para a lateral do meu pescoço. Com um prazer culpado, inclinei a cabeça para o lado para lhe dar melhor acesso.

Ele rosnou e me puxou contra seu peito. Sua ereção me pressionou.

— Sc puder entrar e sair da sala de estudo apenas se for absolutamente necessário, conseguirei terminar as cartas pela manhã — ele disse, dando um beijo na minha mandíbula.

Seus dedos se fecharam em minha mão, e ele me levou de volta para dentro onde água fervente preenchia a tina maior.

— Por favor, espere eu sair para entrar na água.

Ele pressionou os lábios no meu ombro mais uma vez, depois saiu rápido.

Arrepiei inteira. Com certeza eram energias reprimidas.

Embora eu tivesse esperança de ir direto para Ponte, a fera insistiu que eu passasse em Konrall primeiro. Havia duas cartas para entregar lá, mas não pude ficar muito decepcionada com a parada. Eu estava de roupas; um vestido simples para parecer respeitável e roupas de baixo. Sorri para mim mesma.

Swiftly me levou a Konrall em um tempo record e parou diante da porta do produtor de vela. Ele se ajoelhou para que eu pudesse desmontar com graça e observou quando bati à porta.

Demorou um pouco, mas, em certo momento, a porta se abriu e um sorriso familiar me recebeu.

— Bom dia, Benella. É uma pena que o comerciante não vá passar nos próximos dias.

Percebi que ele pensou que eu tinha ido buscar o pagamento da última demanda de flor que entreguei.

— Na verdade, estou aqui para lhe trazer uma carta — eu disse, tirando a carta da fera. Tinha o nome do produtor de vela escrito e um selo de cera. Nada mais.

— Oh, do seu pai?

— Não tenho certeza. Vai saber quando ler. Tenho outra para entregar ao açougueiro para a família Kinlyn, então é melhor eu ir andando.

O produtor de vela assentiu distraído enquanto encarava o selo.

O açougueiro ficou igualmente curioso sobre a carta para os Kinlyn, então a deixei aos seus cuidados, mas não disse mais nada para ele além do que disse ao produtor de vela.

Quando saí do açougue, Swiftly não estava onde o deixara. Tennen estava segurando sua rédea e lhe dando água na oficina. O padeiro estava ao lado de Tennen.

— Conveniente para uma conversa discreta com você — o açougueiro disse atrás de mim.

Assenti e olhei para trás com um sorriso.

— É, se eu fosse burra o suficiente para ir lá pegar meu cavalo.

— Quer que o pegue para você? — ele perguntou.

— Não precisa.

Chamei Swiftly, mantendo a voz tranquila e agradável para não irritar a criatura. No entanto, não pareceu importar.

Swiftly tirou a cabeça da água de forma tão brusca que arrancou a rédea das mãos de Tennen. Então, o cavalo girou nas pernas de trás e correu em minha direção. Em um segundo, ele parou e ajoelhou. A praticidade de não usar rédeas se tornou bem evidente.

O açougueiro deu risada atrás de mim.

— Uma montaria bem treinada.

Já montada em Swiftly, concordei.

— Me mantém fora de problemas.

Swiftly se levantou quando o padeiro chamou meu nome. Sorri, me despedindo do açougueiro, então me inclinei sobre Swiftly.

— Não confio neles dois. É melhor não deixá-los chegarem muito perto.

Swiftly balançou a cabeça e bufou de uma forma bem de cavalo. Aproximou-se do padeiro com um trote e, então, parou de repente, suas orelhas para trás enquanto escutava.

— Bom dia, sr. Medunge — eu disse educada antes de olhar para Tennen, que ainda estava parado nas sombras da oficina. — Obrigada por dar água ao meu cavalo — falei para ele com um sorriso gentil.

Tennen lançou um olhar desafiador para mim.

O padeiro deu um passo em direção a Swiftly, querendo minha atenção conforme o cavalo deu um passo para o lado.

— Seu pai falou sobre minha visita? — o padeiro perguntou.

— Estive fora e só agora vou ver meu pai — eu disse.

— Fora. Sim, seu pai mencionou que é uma empregada agora. É uma pena para alguém com sua beleza ter que trabalhar tão duro. — Ele estalou a língua. — Falei com seu pai sobre muitas outras opções caso queira uma vida melhor do que emrpegada, mas vou deixá-lo conversar com você.

Assenti, me despedindo, e bati o calcanhar em Swiftly. Partimos de Konrall rapidamente.

A primeira carta que entreguei em Ponte era para o Líder. De novo, o homem não me recebeu, mas seu assistente pegou a carta e me assegurou que entregaria nas mãos do Líder mais tarde.

Entreguei as duas últimas cartas em uma parada. Uma estava simplesmente endereçada às Irmãs Sussurrantes e a outra ao meu pai. Ila me recebeu como sempre com um chá à porta, mas seu sorriso foi hesitante.

— Você esteve fora por tanto tempo que pensei que talvez Aryana realmente a tivesse chateado.

Abracei Ila porque fiquei muito feliz em ver uma amiga.

— Nem um pouco. Bom, talvez no começo, mas a exigência de meu mestre de meu tempo é o que me manteve longe por tanto tempo.

— Então está tudo bem? — ela perguntou.

— Está. Tenho uma carta para você do meu mestre e uma para meu pai.

— Vou levá-la ao seu pai primeiro.

Andamos pelo corredor familiar, e ela parou diante da porta dele. Quando a abriu, Papai pareceu surpreso, mas feliz, em me ver ali.

— Com licença, por favor — ele disse, falando confortavelmente agora com as irmãs que ensinava. Ele veio até mim e me abraçou forte.

— Se não tivesse vindo hoje — ele disse, me afastando —, eu teria ido até você.

— Desculpe pela demora. — Enfiei a mão na bolsa e entreguei a Papai a carta que a fera tinha escrito. — Ele me pediu para esperar mais um dia para que pudesse enviar uma carta comigo.

Papai olhou para o selo, depois guardou a carta em seu paletó.

— Vou guardar isso para depois — ele disse, batendo no bolso no qual a guardou. — Falou com Bryn?

— Vim direto para cá. Vou visitá-la antes de partir.

Ila me levou aos aposentos de banho onde Aryana aguardava. Já que eu me juntaria a Papai logo, recusei um banho e me sentei na almofada ao lado de sua tina.

— O que a traz hoje? — Aryana perguntou.

— Tenho uma carta endereçada às Irmãs Sussurrantes.

Peguei a carta na minha bolsa e a segurei para uma delas pegar. Ila não se moveu, e Aryana sorriu para ela antes de esticar a mão.

Diferente dos outros, ela mal olhou o selo antes de abri-la e ler o conteúdo. Um instante mais tarde, ela riu, baixo, rouca e divertida. Entregou a carta para mim, me surpreendendo.

Pare de educá-la. Ela é uma mulher esperta e inteligente e deve descobrir o mundo e seus prazeres sozinha.

Franzi o cenho com aquela carta, então olhei para cima e encontrei o olhar divertido de Ila enquanto ela também lia as palavras.

— Então você falou para seu mestre sobre o que aprendeu aqui? — Aryana questionou.

— Mantive minha palavra — eu disse. — Só mencionei que visito minhas amigas aqui. Guardei para mim o que aprendi.

Ela sorriu.

— Acho que esse é o problema dele. Ele tentou seduzi-la?

Ruborizei.

— E, graças à nossa educação, não deu certo?

Balancei a cabeça porque não tinha sido o que as irmãs me ensinaram que havia me mantido segura. Senti um pouco de tristeza de novo por Bryn e Sara.

— Não foi o que aprendi aqui, mas o que aprendi lá fora. — Ambas fizeram barulhinhos de compreensão. — Preciso falar com Bryn — eu disse com um suspiro e me levantei.

— Sem perguntas para nós hoje? — Aryana perguntou.

— Talvez seja melhor não perguntar. Não gostaria de causar problemas a vocês.

Aryana bufou.

— Ele não me preocupa. Estou mais preocupada com você sob o teto dele. Tome cuidado. Estamos aqui se precisar de nós.

Assenti e saí.

Swiftly me seguiu para minha antiga casa e aguardou do lado de fora enquanto eu entrei. Bryn estava sentada à mesa, conversando animada com uma mulher que eu não conhecia. Quando Bryn me viu, um pouco de luz se esvaiu de seus olhos. A mulher se virou para mim com um sorriso expectante.

— Dana — Bryn disse —, esta é minha outra irmã, Benella.

— Outra irmã? — Dana disse. — Nossa, eu não sabia que havia tantas de vocês. Acho que ela não estava na lista do jantar. É melhor eu ir e adicionar outro lugar — ela disse, levantando-se e se inclinando para beijar a face de Bryn.

— Não é necessário — Bryn disse, levantando-se também. — Benella normalmente não tem tempo para nós.

Suas palavras, embora ditas com educação, me irritaram. Ela nem tinha me consultado para ver se eu poderia ir.

— É o seu jantar de casamento? — perguntei.

— É claro — Dana disse, rindo. — Daqui a três noites, sua irmã estará casada com meu primo. Será um banquete do qual Ponte não vai se esquecer.

Como Bryn poderia pensar que eu não iria ao jantar de casamento dela?

— Então estarei lá — eu disse, retornando o sorriso de Dana. Ela parecia realmente empolgada pelo jantar e o casamento.

— Vou deixá-las conversarem — ela disse ao ir até a porta.

Depois que foi embora, Bryn se virou para mim. Não esperei para ouvir qualquer mágoa que ela quisesse expressar.

— Você está bem? Como está o bebê? — perguntei.

Ela suspirou, sua expressão variava entre brava e empolgada.

— O bebê está bem, fazendo minha barriga crescer. Eu disse a Edmund que suspeitava estar grávida. Ele ficou um pouco pálido, mas me assegurou de que está empolgado pela probabilidade. — Ela olhou meu vestido. — O pai de Edmund tem bom relacionamento com os comerciantes mais bem-sucedidos de Ponte. Dana me assegurou de que será um evento formal. Blye tem trabalhado sem parar em nossos vestidos. Ela não terá tempo de fazer um para você também. Não agora em cima da hora.

Era essa sua única preocupação? A forma como eu iria me vestir?

— Tenho certeza de que não vou envergonhá-la.

Ela olhou para meu vestido em dúvida, e a distraí com outra pergunta.

— Você conseguiu consertar o paletó de Papai?

Seu rosto ficou vermelho, e ela olhou para a mesa. Seu rosto ficou tomado pela culpa.

— Alguém na cidade viu Papai ir às Irmãs Sussurrantes e descobriu que ele trabalhava lá. Pode acreditar que ele iria manchar nossa reputação de propósito desse jeito? Conversamos sobre isso, e ele concordou que seria melhor se não fosse ao jantar nem ao meu casamento.

— Você sugeriu que ele não fosse? — perguntei indignada.

— Seria esquisito. A ligação dele com *elas*... — Ela balançou a cabeça.

Não conseguia acreditar no que estava ouvindo. Ela não queria que o próprio pai fosse porque ele dava aula para prostitutas, dando-lhes a educação que poderiam usar para mudar de profissão. O único motivo pelo qual Papai dava aula lá era para cuidar de nós, dela. E os comerciantes que iriam ao jantar dela e visitavam as Irmãs por outros motivos? Eles eram suficientes para Bryn.

— Quem vai pagar o jantar? — perguntei, sentindo nojo dela.

— O pai de Edmund sabe de nossa situação, então ofereceu para pagar uma parte.

— E o resto?

Ela não me olhou nos olhos.

— Papai me assegurou que está economizando apenas para esse evento.

Pensei nas duas moedas de ouro que eu tinha dado pelo óleo de cabelo. Sem dúvida, o troco teria sido guardado para o jantar de Bryn, mas isso não teria sido suficiente.

Desviei o olhar para as prateleiras de livros quase vazias. Meu coração se partiu por meu pai.

— Você poderia ter ajudado — Bryn me acusou. — Quando sai para explorar, sempre encontra algo de valor para trocar. Pedi a você para voltar com alguma coisa para trocar, e você sempre chega sem nada. É como se pensasse que não tem mais responsabilidade para com sua família.

Não tinha mais responsabilidade? Eu havia me sacrificado para salvar a vida de Papai e libertá-los.

— Diga a Papai que não pude ficar, mas que visitarei de novo logo — falei por entre dentes cerrados ao ir até a porta.

— Entendo se não quiser ir ao jantar — ela gritou quando saí.

Então eu também a envergonhava? Eu queria gritar e bater em alguma coisa.

Swiftly sentiu meu humor e deitou as orelhas para trás quando montei.

— Para casa, Swiftly — eu disse brusca.

Dez

Ainda agitada, entrei pela porta da cozinha e procurei alguma coisa para jogar. Bryn tinha ido longe demais. Como ela poderia se dissociar publicamente de nosso pai? O homem que tinha dado tudo para cuidar de nós. Ele nunca pediu nada em troca. Sabia do interesse de Bryn em Tennen, do dinheiro que escondia, e aceitava. Ele *a* aceitava.

Andando pelo cômodo, vi uma bandeja de fruta na mesa. Avaliei o peso da bandeja, pronta para jogar na lareira, quando foi tirada das minhas mãos.

— E o que, minha querida, a deixou tão agitada? Com certeza não foram as cartas — a fera disse baixinho ao meu lado.

Girei para encará-lo.

— Minha irmã disse ao meu pai que não o quer em seu jantar de casamento. Pode acreditar? Depois de tudo que ele fez. Ele é bom suficiente para pagar pelo jantar de casamento dela, mas não para ir. — Joguei as mãos para o alto por minha frustração, depois me joguei sentada em uma cadeira. — Acho que ela queria me excluir também, se não fosse pela prima do seu prometido. Bryn deixou entender que a forma como me visto a envergonha.

Ele colocou a bandeja de lado e me analisou intensamente por um instante.

— O que planeja fazer? — ele, enfim, perguntou.

— O que quer dizer?

— Vingança. Vai contar a Edmund sobre o bebê?

— Claro que não. Só causaria mais dor às pessoas de que gosto. — Parei e franzi o cenho para a fera. — Como sabe o nome dele?

Ele deu um sorrisinho.

— Gosto de me manter atualizado com o que acontece com sua família. Eu não gostaria que alguma surpresa a tirasse de mim.

Seu comentário pesou sobre mim. E eu percebi que não queria ser tirado dele também. Principalmente se fosse para morar com Bryn de novo.

— Queria que minha irmã percebesse o que está fazendo — eu disse com um suspiro.

— Talvez devesse dizer a ela a vadia egoísta que é.

Lancei um olhar severo a ele. Eu poderia estar brava com ela, mas ainda a amava e não gostava que ninguém falasse mal dela.

Ele deu uma risada depreciativa e balançou a cabeça.

— É a verdade. Eu conheço muito bem o egoísmo.

— Ela não vai me ouvir.

— Você é bem persuasiva — ele disse.

Suspirei de novo.

— O jantar será em três dias. Eu quero ir, e quero levar meu pai junto. Vou precisar de Swiftly de novo. Você tem um paletó que possa caber em meu pai? Depois eu devolvo.

A fera assentiu lentamente.

— Posso providenciar o que for necessário para você e seu pai. Mas preciso de sua palavra de que irá voltar antes de o sol se pôr.

— É claro — concordei tranquilamente, grata por ele não ter mencionado que seria uma visita extra.

Por precaução, fui dormir completamente vestida. Ter roupas de novo era legal, e eu esperava que pudesse mantê-las. No entanto, quando acordei, estava nua de novo. A fera estava deitava ao meu lado, dormindo tranquilamente.

Aquecida e confortável, fiquei na cama por um instante. Os sonhos dele nunca pareciam perturbados quando ele dormia ao meu lado, e eu estava grata por minha presença ter lhe dado um pouco de conforto; ele parecia obter muito pouco de outro lugar.

Analisei seu rosto relaxado dormindo. Onde outros poderiam ver uma fera selvagem, eu via uma criatura entediada e esperta que havia se esquecido do que significava ser um homem — se um dia ele tivesse tido esse conhecimento. Eu não era cega aos seus defeitos, assim como não era cega aos seus arrependimentos.

Em silêncio, levantei-me da cama e fui para o lavatório e continuei pensando na fera. O mau comportamento de seu passado o havia levado a cinquenta anos de punição questionável. Uma punição que não inspirava melhoria, mas, sim, solidão.

Passei a toalha no rosto e pensei se não era esse o verdadeiro motivo pelo qual ele me levara ali. Sim, ele queria quebrar a maldição; mas, talvez, quisesse companhia. Umedeci a toalha e limpei os braços e meu tronco.

O arrastar do tecido sobre meu seio me distraiu dos pensamentos e trouxe à tona a lembrança da boca dele em mim. Meus mamilos se enrijeceram. Desde que ele tinha colocado a boca neles pela primeira vez, eles se sentiam mais vivos. Talvez eu apenas tivesse mais consciência deles.

Molhei a toalha de novo, e um peito peludo se pressionou contra minhas costas como se meus pensamentos o tivessem chamado. Congelei. Os dedos dele percorreram meu braço, deixando-os arrepiados.

— Bela — ele sussurrou.

Seus lábios pressionaram a curva do meu ombro conforme ele pegou a toalha da minha mão e a colocou contra minha barriga. Eu não conseguia me mexer. A toalha se arrastou sobre minha pele, das costelas ao umbigo, enquanto a respiração dele atingiu meu pescoço.

— Permita-me ajudar — ele disse.

A toalha desceu mais até chegar aos meus cachos. Prendi a respiração. Ele parou e voltou para minha barriga e continuou, até passar por meu seio. Inclinei-me para trás para encostar nele e me esqueci de respirar enquanto ele gentilmente circulou um, depois o outro.

Quando a toalha saiu do meu peito e desceu, estiquei o braço para trás e coloquei a mão no rosto dele. Ele virou a cabeça e beijou minha mão. O tempo todo, a toalha continuou seu caminho para baixo. Minha pele se aqueceu, e uma queimação se iniciou em meu centro quando o tecido passou de novo por meus cachos. Sem querer, abri a base e quase gemi quando ele recuou sem explorar mais.

— Por favor — sussurrei, tremendo.

Ele rosnou baixo e desceu de novo. Desta vez, ele me separou e passou o tecido sobre mim com gentileza. Uma vez. Arfei. Duas vezes. Fiquei sem ar. Três vezes. Minhas pernas tremeram. Ele tirou a toalha e a colocou no recipiente com água.

Minhas entranhas tinham se derretido. Eu *queria*, mas não entendi o quê. Eu *estava dolorida*, mas não conseguia identificar onde exatamente.

Seus dedos percorreram minha pele dos braços e da barriga. Ele colocou meu cabelo para o lado e pressionou os lábios em meu pescoço, aconchegando-se e lambendo. A atenção causou formigamentos e arrepios dentro de mim, chegando até minhas pernas.

Ele deu a volta em mim, seu braço apoiando minhas costas. Seu olhar faminto encontrou o meu por um instante, depois ele mergulhou a cabeça e sugou um mamilo, provocando uma dor suave que me fez gemer. Ele rosnou em resposta e me empurrou para trás um passo depois dois. Bati as pernas na cama.

Ele me deitou no colchão, segurou minhas mãos e as manteve nas minhas laterais. A boca dele passeou por meu peito, depois baixou. Consumida demais pelo calor, não protestei.

A língua dele tocou meus cachos, e choraminguei baixinho. Meus quadris se ergueram por conta própria. Ele me provocou, nunca baixando para o local que doía muito por desejar seu toque. Meus músculos ficaram tensos com a ansiedade. Gemi e me mexi quando ele roçou em mim de novo. O calor aumentou e transbordou, derramando por mim em ondas confusas. Arfando, tentei respirar quando a tensão ficou mais enfatizada.

Então seus lábios, seu toque, deixaram meu corpo. O ar frio me deixou confusa. Ergui a cabeça. O cômodo estava vazio. Deixando a cabeça cair, olhei para o teto quando percebi o quanto cheguei perto de deixá-lo me provar. Estranhamente, o pensamento não me incomodou.

Devagar, minha respiração e meu pulso voltaram ao normal. Embora estivesse fisicamente recuperada, mentalmente revivi o encontro até franzir o cenho com irritação e compreensão. Energias reprimidas. Ele tinha despertado alguma coisa dentro de mim com paciência e persistência.

O que quer que fosse, eu queria algo que apenas ele entendia. Bom, outros talvez entendessem; no entanto, ele era o único que provavelmente falaria sobre isso.

Levantei-me e fui até o guarda-roupa, ficando surpresa ao ver que ele tinha providenciado uma seleção completa de roupas de novo. Apesar de ver os vestidos simples e até as camisas e calças, não fiz menção de vesti-los. A lembrança da sensação dos lábios dele me impediu.

Mexendo nos vestidos, encontrei um do tipo fino que ele tinha me feito usar primeiro e sorri. Peguei o vestido e uma camisa, e me preparei para um dia interessante.

Um tempo mais tarde, entrei pela porta da sala de estudo, carregando uma bandeja.

Quando ele me viu, congelou. A camisa chegava no topo das minhas coxas mal cobrindo o V entre minhas pernas. Eu somente tinha fechado o botão sobre meus seios e deixei o resto aberto, expondo a pele do vale de entre meus seios e todo o resto para baixo cada vez que me mexia. Ainda assim, o vestido fino debaixo da camisa dava a ilusão de decência.

— Você comeu? — perguntei educada, colocando a bandeja em sua escrivaninha.

Ele balançou a cabeça levemente, sem tirar o olhar do meu corpo. Me senti esticando, me aquecendo com sua atenção, o que achava bizarro já que sempre a tinha.

— O que está vestindo? — ele finalmente conseguiu falar.

— Uma harmonização, eu espero — disse com um sorriso. — Você quer me ver. Eu quero me sentir coberta. Isso é um pouco dos dois, não concorda?

Abri os braços, o que fez com que, inadvertidamente, erguesse a barra da minha camisa por uns dois centímetros e separasse as pontas. Dei uma volta lenta para ele. Antes de ele saber o que estava acontecendo, me pegara no colo, e estávamos correndo pelos corredores a fim de voltar ao meu quarto.

— É melhor não usar nada — ele rosnou, deitando-me na cama e tirando as roupas.

O tecido rasgou com a pressa dele. Ele se ajoelhou e olhou para mim.

— Eu lhe imploro, fique no seu quarto hoje. Não vai precisar de nada.

Assenti, decepcionada. Esperava mais dele.

Seu olhar faminto se desviou para meu rosto, depois ele fechou os olhos. Naquele instante, entendi que ele também queria mais de mim.

Ruborizando profundamente, abri um pouquinho os joelhos.

Com os olhos ainda fechados, ele deu um gemido e beijou meu joelho.

Afastei um pouco mais os joelhos. Ele abriu os olhos. Seu olhar se travou com o meu. Então, ele se inclinou para a frente e beijou a lateral do meu joelho. Ainda deu um beijo alguns centímetros acima. Mal respirando, apoiei-me nos cotovelos e flexionei as pernas, apoiando os calcanhares na beirada da cama, dando-lhe a vista que ele queria há apenas alguns dias.

Minhas faces queimaram com incerteza e desejo.

— Não vou forçar ele disse. — Me diga o que quer de mim.

— Me prove. Nada mais que isso — implorei.

Ele obedeceu, inclinando-se para a frente a fim de passar a língua entre meu quadril e minha coxa. Lutei para não me contorcer.

Senti que afastei as pernas e senti sua respiração em meu centro. Sua língua tocou lá dentro, apenas passando à esquerda da minha abertura, pulando o lugar que queimava por sua atenção. Ele mudou o foco para o lado direito, fazendo a mesma coisa. Minhas mãos seguraram sua cabeça. Então, sua língua tocou meu centro. Meus quadris pularam quando ele lambeu de leve, primeiro, depois com mais urgência. Quando seus lábios se fecharam sobre ele e ele chupou, emiti barulhos. Gemidos e choramingos.

Arfando, arqueei os quadris. Ele fechou as mãos em volta das minhas coxas. O toque firme de seus dedos me excitou mais. Ele deixou meu centro a fim de provocar minha abertura, colocando a língua para provar um pouco antes de enfiar a língua em mim. Ele lambeu e chupou por um instante, o tempo todo a área que ele deixou gritava por mais atenção.

Ele pareceu sentir minha necessidade porque voltou a ela e chupou com mais intensidade. A tensão dentro de mim se acumulou cada vez mais. Com reflexo, minhas pernas tentaram endurecer e se fechar. Sua mão firme as manteve abertas, permitindo seu banquete até a tensão acumulada dentro de mim se libertar com um grito. Convulsionei, empurrando para cima de encontro à sua língua conforme minhas pernas travaram na posição esticada. Ondas de prazer me inundaram, tensionando e relaxando meus músculos em ondas lentas.

Ele diminuiu as lambidas conforme eu me contraía debaixo dele. Fiquei ali deitada relaxada, um novo mundo de repente exposto a mim. Ele beijou minha protuberância sensível, depois a parte interna da minha coxa. Enquanto eu ainda estava muito fraca para falar, ele se levantou e me deixou ali admirada.

Após muitos minutos, recuperei o controle o bastante a fim de me levantar e me lavar de novo. Toda terminação nervosa ainda pinicava. Me sentia relaxada e calma.

O grito de prazer de Sara e o olhar de vergonha depois faziam sentido. Sentir-se daquela forma com o padeiro entre suas pernas deveria ser profundamente perturbador. Mas a fera... Suspirei satisfeita antes de me lavar.

Sentando-me, pensei com cuidado nas minhas circunstâncias. Se a fera se libertasse, com certeza me esqueceria. O fato de ele provavelmente me desdenhar com facilidade me deixava melancólica de um jeito desconfortável. Eu certamente não o esqueceria. Ainda assim, quando ele estivesse livre, eu precisaria seguir minha vida. Depois que Bryn se casasse, eu precisaria começar a procurar um homem adequado. No entanto, só de pensar em me casar com um homem desconhecido já fazia meu coração ruir, e percebi o quanto havia me afeiçoado à fera. O que eu havia lhe dito sobre deixar uma parte de mim mesma agora era mais verdade do que nunca.

Eu não seria a mesma se ele pegasse tudo que tenho. Não seria capaz de ir embora.

Mas, se ele não se libertasse, será que seria um problema guardar um pedaço de mim mesma? Se continuasse como fera, eu poderia ficar com ele o quanto quisesse.

Franzindo o cenho, pensei na atitude dele em relação a Rose e corrigi meu pensamento. Eu poderia ficar com ele contanto que tivesse minha juventude. Depois disso, eu ainda poderia encontrar alguém apropriado para me casar. Mas, a probabilidade de fazê-lo não me preenchia de nenhuma ansiedade.

Colocando essa preocupação de lado, me concentrei nas possibilidades imediatas e tomei uma decisão. Eu ficaria com a fera; não por causa de uma ameaça na qual não mais acreditava que ele fosse capaz de cumprir, mas porque eu queria ficar.

Sem me incomodar em me vestir, me levantei com um sorriso e fui procurá-lo. Para meu desalento, ambas as portas estavam trancadas.

Um pensamento horrível me tomou, e voei para minha janela. Abrindo-a, inclinei-me para fora e chamei Egrit. Ela apareceu após muitos minutos. O alívio me inundou.

Ela olhou para mim e deu de ombros como se perguntasse por que a chamara.

— Desculpe gritar assim. Estava preocupada. A fera me trancou no quarto, e eu queria me certificar de que você estivesse segura.

A ninfa sorriu e assentiu. Ela acenou para que eu voltasse para dentro, e obedeci rapidamente, percebendo que estava pendurada na janela com os seios completamente expostos.

Ruborizando, me sentei na cama.

— Sir? — chamei depois de uns minutos. — É cruel me trancar no quarto sem me dizer o que fiz de errado. Eu pensei que o que fizemos

Suspirei, de repente desconfortável com o pensamento de que talvez pudesse ter lhe pedido para fazer algo que não queria.

— Me desculpe se insisti em algo que não era apropriado.

Uma névoa se infiltrou no quarto, bloqueando toda a luz.

— Isso é realmente necessário? Somos capazes de conversar, não somos?

Tão rápido quanto a névoa apareceu, sumiu. Ao meu lado na cama, havia uma bandeja cheia de comida, bebida, livros e uma carta.

Minha querida,

Você não fez nada de errado nem há necessidade de se desculpar. Vou pedir para ficar no quarto para sua segu-

rança enquanto trabalho na sala de estudo nos negócios da propriedade. Se tiver mais sugestões para se distrair, por favor, fale-as em voz alta. Vou providenciá-las.

Por favor, evite se pendurar nas janelas despida. Fico chateado.

Para sempre, seu servo.

Terminei de ler com um pequeno sorriso.

— Os livros de contabilidade e registros são uma fonte de conhecimento assim como os livros na biblioteca. Essas terras costumavam ser produtivas além das plantações e vendas de flores. Acho que é por isso que há tantos livros de agricultura e afins.

Pegando um livro, deitei-me na cama e comecei a ler.

Ele me manteve no quarto por três dias. A tranquilidade que sentia depois de ele ter me provado rapidamente desapareceu até eu estar andando de um lado para outro no quarto, agitada.

— Esta tarde é o jantar de casamento da minha irmã — falei, olhando para fora pela janela para o amanhecer colorido. Estava com vontade de jogar alguma coisa de novo. Em vez disso, marchei até a porta dele e chutei. — Você disse que eu poderia ir. Prometeu providenciar tudo que eu precisasse.

Quando me virei, a tina enorme da lavanderia estava aos pés da minha cama. Nuvens de fumaça subiam da água. Marchando até lá, entrei com um chiado e me lavei rapidamente, usando o óleo de cabelo de Ila.

Havia uma toalha na beirada da tina quando abri os olhos. Saindo da água, cor-de-rosa do calor, me enxuguei. Meu humor melhorou um pouquinho com o banho.

Fui até o guarda-roupa e o abri. Dentro dele, havia um único vestido, requintado em sua simplicidade. No chão, havia um par de sandálias combinando. Sem roupas de baixo.

Ergui o vestido sobre a cabeça e deixei o tecido delicado escorregar por meus braços e corpo. Coube perfeitamente, mas achei estranho o decote enorme e o contorno enrugado dos meus mamilos aparecerem através do pano. Embora o tecido não fosse transparente, era tão fino que não parecia apropriado. Mesmo assim, ele não tinha me dado outra opção.

A porta para o meu quarto se destrancou e abriu. Rapidamente, calcei as sandálias e saí.

O corredor estava vazio. Decepcionada, fui até a cozinha e abri a porta para o exterior. Logo do lado de fora, Swiftly aguardava. De novo, não havia sinal da fera. Não era comum ele permitir que eu saísse sem se despedir e sem perguntar, para assegurar, se eu voltaria. Ainda assim, dado nosso último encontro, eu entendia sua motivação para ficar longe e aplaudi seu progresso quanto a abnegação e controle.

Swiftly se ajoelhou rapidamente, mexendo as orelhas para a frente e para trás em uma óbvia agitação. Passei uma mão em seu pescoço e montei, pensando em seu humor. No entanto, seu bufar quando minha bunda nua se acomodou em suas costas com apenas a saia nos separando não era um mistério.

— Desculpe — sussurrei.

A criatura balançou a cabeça e partiu.

Cavalguei até as Irmãs. Eu precisava de ajuda com meu cabelo e garantias sobre o vestido. Embora elas não usassem roupas, eu confiava que soubessem sobre moda.

Ila me encontrou à porta com um sorriso amplo.

— Você está deslumbrante. É para o banquete de sua irmã?

Assenti ao beber o chá.

— Venha para o meu quarto, vou arrumar seu cabelo.

Sentando-me no banquinho de Ila, relaxei conforme ela arrumava meu cabelo em muitas tranças lindas.

— Todos lá irão esquecer de que sua irmã é o foco do evento — Ila disse, terminando a última trança.

Eu sorri com seu elogio e torci para que Bryn não tivesse problema com minha aparência ou com a de Papai.

— Papai está aqui?

— Ele pediu para não trabalhar hoje. Vai encontrá-lo em casa.

Levantando-me, eu a abracei e agradeci por sua ajuda. Antes de sair, olhei de volta por cima do meu ombro.

— É muito ousado? — perguntei, demonstrando a dúvida que sentia. — O vestido?

— O vestido é lindo, assim como você — ela me assegurou.

Olhei para meus seios. Embora o tecido não fosse transparente, ainda conseguia ver detalhes, não a cor, mas a forma.

— Não quero envergonhar meu pai — eu disse baixinho.

Ela sorriu triste e me levou até a porta. Logo atrás, havia uma capa preta elegante que complementava o prata do vestido.

— Aqui. Leve isso para hoje, até se sentir confortável. Vai ver que seu vestido não é tão incomum.

Eu a agradeci com outro abraço e coloquei a capa sobre meus ombros antes de seguir para a casa de meu pai. Ele atendeu a porta com um sorriso feliz. Felizmente, Bryn e Blye não estavam.

— Eu a estava esperando. — Ele me puxou para um abraço forte. — Senti sua falta.

— Desculpe ter partido antes que pudéssemos conversar — eu disse, referindo-me à minha última visita.

Ele acenou, dispensando minha desculpa, e gesticulou para eu me sentar. Mantive a capa, mas ele não comentou.

— Como as coisas estão indo para você? — perguntei, percebendo seu peso e sua pele saudáveis.

— Eu gosto de dar aula para as irmãs — ele disse abertamente. — Elas são gentis e meigas.

— E Bryn e Blye?

Ele suspirou.

— Elas estão bem, mas ficaram sabendo onde eu dou aula. Blye se mudou para um quartinho em cima da loja da costureira, e Bryn está ficando com Dana, prima de Edmund, até o casamento.

— Que alívio — eu disse com um sorriso maligno. — Finalmente, você pode comer sua própria comida e relaxar na própria casa.

Ele assentiu, mas seu rosto expressou um sorriso triste.

— Se ao menos ele a libertasse para voltar para casa.

O comentário dele me causou uma angústia esquisita porque, mesmo por meu pai, eu não queria deixar a fera. Ao longo das nossas semanas juntos, ele tinha ganhado minha afeição; e, com seu progresso de se tornar um homem melhor, ganhara meu respeito.

— O padeiro mencionou a visita dele — eu disse, mudando de assunto e colocando de lado os pensamentos da fera. — Disse que falou com o senhor sobre muitas opções se eu não quisesse mais ser empregada.

— Ele ofereceu por sua mão.

Fiz uma careta, e ele assentiu.

— Sei o que sente pelo homem e disse a ele que não poderia aceitar a oferta. Ele insistiu que eu falasse com você sobre a riqueza dele e a posição que lhe garantiria.

A imagem de Sara na mesa de massa veio à minha mente, e eu sabia com certeza que não iria gostar da posição que ele ofereceria.

— A riqueza dele não muda minha aversão quanto a ele — eu disse.

Papai concordou, e conversamos por muitas horas antes de ele perguntar se eu estava feliz.

— Estou, e ficarei ainda mais se me acompanhar ao jantar.

— Não acho que tenha escolha. — Ele se levantou e pegou uma caixa e uma carta. Entregou-me a carta.

Proteja sua filha com cuidado em minha ausência.
Ela deve retornar a mim antes de o sol se pôr.

Tinha o mesmo selo que a fera usara antes. Olhei para cima quando Papai abriu a caixa. Dentro dela, havia um paletó respeitável, uma camisa clara, um lenço de pescoço e novas calças para combinar. Sorri para a gentileza da fera.

— Quando isso chegou? — perguntei.

— Há três dias.

Insisti que Papai fosse se divertir. Enquanto eu esperava, um batida rápida soou à porta. Abrindo-a, fiquei surpresa ao ver o sr. Corvo pulando no chão do lado de fora. Um papelzinho de pergaminho estava amarrado à sua perna. Inclinei-me para retirar, ignorando seu crocitar.

O rabisco no papel estava quase ilegível com tinta espirrada e rasgos onde a fera havia escrito muito forte.

Volte imediatamente.

Virei o papel, mas o outro lado permanecia sem nada.

— Não entendi — sussurrei para o sr. Corvo.

Ele inclinou a cabeça para mim e pulou para a frente. Seu bico puxou gentilmente meu vestido.

— Ele concordou que eu poderia vir. Mandou roupas para meu pai. Não pode me pedir para voltar antes da cerimônia. Fale que vou retornar antes de o sol se pôr. Vou cumprir minha palavra.

O corvo crocitou alto, depois alçou voo.

Fechando a porta, esperei meu pai sair.

— Está muito elegante — eu disse quando ele apareceu.

Ele sorriu para mim e fez uma pequena reverência. Ninguém encontraria defeito em sua aparência; o paletó estava na moda e vestia muito bem.

— Vamos comer — ele disse, oferecendo o braço.

Andamos pela rua do mercado até um pequeno pub que servia famílias respeitadas. Papai se ofereceu para tirar minha capa enquanto segurava uma cadeira para mim. Sem querer chamar atenção, me rendi e sentei rapidamente. Quando ele se sentou à minha frente, seus olhos passearam por meu vestido.

— Agora entendo o aviso dele — ele disse.

Corei e permaneci quieta. Embora sua expressão mostrasse uma leve preocupação, não vi uma censura real. Com cuidado, olhei para as outras mulheres no cômodo. Nenhuma usava um vestido tão elegante quanto o meu, e vi olhares invejosos. Ninguém olhava com censura.

Depois de nossa refeição, fomos para a casa do Líder. No quintal, havia muitas pessoas unidas para ver Bryn se casar com Edmund. Perto das últimas pessoas, Papai me ajudou a colocar a capa e viu meu olhar nervoso.

— Erga a cabeça, Bini. Você está adorável.

Com sua aprovação, andei ao seu lado até nossos assentos perto do arco bonito de flor onde Bryn diria seus votos. Murmúrios se silenciaram conforme passamos. Mantive um sorriso educado no rosto e segurei firme o braço de meu pai.

Assim que nos sentamos, precisamos aguardar apenas alguns instantes até uma soprano suave começar a cantar uma música alegre sobre união e amor. Quando ela se calou, a multidão se virou e viu Bryn e seu noivo andando pelo corredor até o arco. O Líder os seguia.

A cerimônia simples não demorou muito, mas os cumprimentos e discursos duraram até a refeição da noite. Fiquei firme o tempo todo, embora quisesse me mexer e agitar no assento a fim de trazer sangue e vida de volta à minha bunda.

Bryn brilhava com felicidade ao se pendurar no braço de Edmund. Ele parecia igualmente feliz.

Papai e eu nos levantamos e seguimos o novo casal do pátio do Líder para a sala pública onde Dana servia o jantar. Parei para abraçar Bryn, trazendo sua atenção a Papai e eu pela primeira vez. Seu sorriso se endureceu ao nos ver, mas ela não se afastou.

— Estou muito feliz por ter vindo. Está adorável — ela disse para mim.

Então, olhou para Papai e elogiou seu lindo traje. Pude ver os cálculos em seus olhos e suprimi um suspiro.

Papai e eu nos sentamos e observamos muitos outros passarem pela porta. Bryn não tinha mentido sobre os comercientes que iriam. Muitos me viram sentada perto da noiva e do noivo e pediram uma apresentação. A atenção inoportuna apenas serviu para irritar ainda mais minha irmã.

Finalmente, todos se sentaram e a refeição começou. A comida não parava de vir da cozinha. Houve uma época em que eu teria gostado de passar horas comendo os pratos maravilhosos colocados diante de mim. No entanto, não conseguia encontrar alegria naquela refeição. Em vez disso, observei as sombras mudarem no cômodo conforme a tarde passava.

Com alívio, inclinei-me para Papai quando era hora de partir. Ele adivinhou meu objetivo antes de eu falar.

— É hora de partirmos — ele disse baixinho para minha irmã.

Ela parou de conversar com um comerciante que tinha parado para falar com ela e assentiu sua despedida. Foi breve e indiferente.

Virei-me para Blye e lhe dei um abraço, sussurrando adeus. Pelo menos Blye não parecia ressentida com minha presença, embora não tivesse conversado com Papai.

A caminho da porta, muitos homens de influência pararam Papai. Ele terminava educadamente a conversa logo que conseguia, mas o sol não parava de descer. Quando finalmente chegamos à porta, a esfera dourada pairava perigosamente perto do horizonte.

— Preciso correr — eu disse, dando um abraço em Papai do lado de fora.

— Não percebi como era tarde. Vai ficar bem? — Papai se afastou para me olhar com preocupação.

— Vou. — Beijei sua bochecha e lhe dei a capa.

— Devolva a Ila, por favor. Agradeça-a por mim. — Virei-me e chamei Swiftly.

Seus cascos fizeram um estrondo, então ele se ajoelhou diante de mim. Subi rapidamente e segurei sua crina.

— Boa noite, Papai — eu disse quando Swiftly se levantou. — Até breve.

Inclinei-me mais sobre Swiftly quando ele se virou e galopou pelas ruas.

— Antes de o sol se pôr — eu disse, encorajando-o a aumentar sua passada.

O vento esfriou minha pele debaixo do vestido e esvoaçou meu cabelo. Mantive o olho no sol durante a viagem. Passamos pelo portão assim que a última luz desapareceu.

A visão da névoa aguardando e se encaracolando me trouxe uma alegria feroz. Tinha sentido falta dele e não sabia disso até aquele momento.

Desmontei de Swiftly e o mandei embora com um tapinha no pescoço. Ele passou longe da névoa enquanto eu fui até ela.

— Vou cair e me machucar — eu disse.

De repente, eu estava no colo da fera, agarrada em seu peito. Suspirei e inclinei a cabeça contra ele, satisfeita em fechar os olhos e passar os dedos por seu pelo. Eu estava em casa.

Ele me levou à cozinha e me colocou no chão. O silêncio continuou e a névoa me preocupou.

— Sem névoa — eu disse, dando um passo à frente a fim de tocá-lo.

A névoa desapareceu instantaneamente. Seus olhos bravos me olharam dos pés à cabeça.

— Você parece acabada — ele disse, seu rosnado alterando suas palavras.

— O vento batendo da corrida para casa.

— Casa. — Ele suspirou e fechou os olhos.

— Por que está tão chateado?

Ele abriu os olhos, seu olhar passeando sobre mim.

— Esse não é o vestido que eu lhe dei.

— Claro que é. Estava no guarda-roupa.

Ele expirou devagar.

— Rose substituiu o vestido que eu tinha colocado. — Ele apontou para meu vestido. — Quando descobri a mudança que homem a veria e a deixaria partir?

Sua insegurança por trás das palavras me deixaram triste por ele, e percebi algo vital que havia deixado passar. Tinha protegido meu corpo dele, mas não meu coração. E, enquanto eu não estava vendo, ele o havia tocado, marcando-me por seu carinho gentil. Não conseguia mais imaginar minha vida sem a fera.

Aproximei-me e apoiei a mão em seu peito.

— Nenhum homem pode me capturar, somente uma fera.

Ele ergueu minha mão para sua boca e a beijou enquanto seu olhar ardente olhava meu rosto. Será que ele tinha tanta dúvida quanto à minha lealdade?

Com o coração martelando, ergui um ombro, facilitando a alcinha de escorregar a fim de expor o topo do meu seio. Seu olhar baixou e ficou preso na minha pele. Meus mamilos reagiaram, e eu sabia que ele tinha visto. Ele ergueu um dedo e fez o contorno.

Fechei os olhos e pressionei minha mão na dele, segurando-o contra meu seio.

— Nenhum homem — eu disse de novo. — Somente uma fera.

Um som dolorido escapou dele, e ele me pegou de novo e me levou ao meu quarto, gentilmente me deitando na cama.

Desta vez não foi devagar e provocante. Ele rasgou o vestido e travou no bico do meu seio direito, chupando bruscamente. Cada sugada enviava uma pontada de desejo diretamente para entre minhas pernas. Ele mudou sua atenção para o outro seio. Suspirei com prazer e enfiei os dedos em seu pelo. Sua boca mordiscou uma trilha rápida para baixo, e seus dedos cravaram em minhas coxas conforme ele as afastou. Sua respiração me pinicou por um segundo, então sua língua me lavou da abertura aos cachos. Várias vezes, uma lambida longa e lenta que fez meus quadris estremecerem. Quando ele fechou os lábios sobre minha protuberância e chupou, eu gemi.

— Isso — sussurrei, gostando da sensação.

Minha tensão se acumulou mais conforme ele lambeu a abertura, lambendo e chupando enquanto eu erguia os quadris a fim de encontrar sua imersão. Me senti selvagem, descontrolada. Minhas pernas se mexeram, mas suas mãos me mantiveram aberta. A boca dele encontrou minha protuberância de novo para chupar e acariciar. Um grito explodiu de mim conforme a tensão se partiu em uma torrente de terminações nervosas fritando. Convulsionei sob sua boca, aproveitando cada pulsação.

Finalmente, a sensação diminuiu, e minhas mãos caíram no colchão. O que pareceram horas de prazer foram apenas minutos.

Como antes, ele me deixou. Desta vez, caí no sono, com as pernas afastadas e ainda balançando no colchão.

Acordei aconchegada nele. Ele me beijou suavemente, mas não me tocou mais.

— Bom dia — sussurrei tímida. Ele tinha me provado duas vezes, mas aquela era a primeira vez que eu realmente o encarava depois.

— Bom dia — ele ribombou, passando os dedos por meu cabelo solto.

Estranhei a sensação.

— Você tirou as tranças?

— Tirei… depois que voltei.

Pisquei, entendendo o que ele queria dizer.

— Sinto muito não ter funcionado.

Ele grunhiu, depois me surpreendeu.

— Não funcionou porque eu não quis que funcionasse. Me recuso a continuar jogando o jogo dela. Estou satisfeito como estou se você quiser ficar comigo. Case-se comigo — ele disse baixinho.

Meu coração se expandiu com sua proposta inesperada, e eu sabia que não queria mais nada a não ser dizer sim. Mesmo assim, sabia que não poderia. Sua repulsa contra Rose me fez segurar a língua. Enfeitiçado, ele nunca iria envelhecer; e, um dia, ele me desprezaria assim como fazia com Rose. Meu coração se partiu ao pensar nisso, e me esforcei para encontrar a resposta certa a fim de acalmá-lo.

Eu me sentei, e ele saiu da cama para me observar.

— Vou deixar algo para seu marido. Vou deixá-la virgem. — Ele se ajoelhou e plantou um beijo na minha barriga. — Vai se casar comigo? — ele repetiu.

Meu coração pulou e flutuou de animação apesar dos meus melhores esforços para tranquilizá-lo. Se me casasse com ele, ele *seria* meu marido.

— Bom, é uma maneira conveniente para contornar isso, não é?

Ele sorriu, mas não chegou aos seus olhos.

— Pensei isso. — Ele permaneceu de joelho. — E sua resposta?

— Não posso me casar com você — eu disse baixinho. Depois de engolir em seco, eu lhe dei a única razão que poderia dizer em voz alta. — Quando penso em você, tenho apenas esses títulos na minha cabeça: sir, mestre, lorde e fera. Cadê seu nome verdadeiro? Sei muito pouco sobre você.

Ele se levantou e assentiu, surpreendentemente calmo com minha resposta. Estendendo a mão, ele me ajudou a levantar. Seu olhar passeou por mim, provocando um leve rubor nas minhas faces.

— Vamos passar o dia juntos — ele disse.

— Preciso de um instante primeiro.

Ele assentiu e saiu do quarto.

Assim que a porta se fechou, caí de costas na cama. O que eu fizera? De alguma forma, ao longo do tempo, tinha entregado meu coração à fera. Ele, com certeza, iria esmagá-lo com sua força poderosa antes de perceber. Mesmo assim, não conseguia me arrepender de ele ter meu amor. Porque agora, imaginar um mundo sem a fera parecia um lugar horrível e solitário. Meu lugar era ali.

Depois de me aliviar e me lavar, fui até o guarda-roupa. Estava totalmente vazio de novo. Sorri e fui até a porta.

Ele me aguardava no corredor, como sempre, com a mão estendida. Entrelacei os dedos nos dele e o segui até a biblioteca. Uma bandeja nos aguardava. Ele fez gesto para eu me sentar no sofá e começou a me alimentar com pedaços de fruta.

— Meu nome é Alec. Quando eu tinha quatro anos, meu pai me deu meu primeiro cavalo, um pônei, na verdade. Mal consigo me lembrar de como ele era, mas me lembro de achar que era enorme, até Papai e eu irmos à nossa primeira cavalgada juntos. — Ele riu com a lembrança. —

Eu queria conseguir lembrar mais da minha vida antes de ele falecer.

— E sua juventude com sua mãe?

— Depois que meu pai morreu, uma grande responsabilidade recaiu sobre ela. Ela não teve a vantagem de um professor como meu pai e sofreu para aprender muito naqueles primeiros anos. Eu não entendia na época, mas entendo agora. Naquele tempo, eu só sabia que ela era bem ocupada.

— O que você fazia quando ela não estava ocupada? — perguntei, sem gostar do olhar triste na expressão dele.

Passamos o resto do dia conversando sobre nossas infâncias.

Na quarta manhã desde meu retorno do casamento, comi em meu quarto. A bandeja estava me aguardando na minha cama, e eu sabia que ele tinha dormido comigo pelo menos uma parte da noite. Entretanto, como na manhã anterior, acordei sozinha.

Embora passássemos uma boa parte do dia juntos e eu permanecesse nua, ele ainda não havia me tocado de novo. Em vez de fazer isso, passava seu tempo me contando sobre seu passado, as coisas boas e ruins. Senti compaixão pelo menininho solitário que ele tinha sido, mas tinha dificuldade em compreender o homem egoísta que ele se tornou. Apesar de sua mãe ter sido ocupada, ela o amava profundamente.

Eu entendia que ele me contava histórias de seu passado para que eu pudesse conhecê-lo melhor, mas isso ainda não alcançava o objetivo. Aquelas histórias me diziam quem ele fora e me davam alguma ideia de como ele ficara enfeitiçado. Mesmo assim, ainda não me contavam uma única coisa de quem ele era agora e quais poderiam ser suas esperanças para o futuro. Ainda havia muitas perguntas que eu queria lhe fazer. O que ele gostava de comer? O que ele tinha feito para se entreter desde que foi enfeitiçado? O que ele pensara na primeira vez que os aldeões invadiram a propriedade?

Quando terminei a comida, lavei-me e saí do quarto. Embora passássemos muito tempo juntos, ele se retirava frequentemente para trabalhar em sua sala de estudo. Eu não tocava no assunto das minhas roupas ausentes, que eu sabia serem a fonte de sua necessidade para distração. Não queria subestimar o que ele estava conquistando. Controlar-se, independente da circunstância.

Como esperado, encontrei-o na sala de estudo, com a cabeça enfiada nos registros da propriedade. Ele os lia com frequência agora. Até fazia anotações. No momento, ele rascunhava algo em um pedaço de pergaminho, perdido em pensamentos.

— Bom dia — eu disse da porta.

— Bom dia. — Ele ergueu o olhar de seu livro para me cumprimentar, mas voltou à sua leitura rapidamente.

— Eu estava pensando por que você me poupou?

— O que quer dizer? — ele perguntou, mantendo o foco no livro diante de si.

— No começo, na primeira vez que me jogou por cima do muro, não fiquei surpresa pelas videiras terem me segurado. Da segunda vez, pensei que talvez simplesmente tivesse tido sorte. Mas depois qual foi seu motivo?

Ele olhou para cima de novo e me analisou com uma expressão peculiar.

— Você não implorou ou balbuciou desculpas. Aceitou seu destino, mas sem derrota.

Uma coisa tão simples havia me salvado?

— Por que me ofereceu qualquer coisa da propriedade?

Uma tensão se formou em seus ombros, e ele olhou para seus registros de novo.

— Por que está fazendo tantas perguntas?

— Estou tentando conhecê-lo melhor.

Ele suspirou, e eu sabia que ele iria responder.

— Eu queria lhe dar um motivo para retornar.

— E retornei — eu disse com um sorriso.

— Retornou — ele concordou solenemente. — Na noite em que pediu refúgio, vi você tentar começar o fogo. Trabalhou devagar, apesar dos calafrios que faziam suas mãos tremerem. Não pediu ajuda ou falhou na tarefa como qualquer outra mulher que eu conhecia. Isso me deixou chateado.

Sua admissão me surpreendeu.

— Você queria que eu falhasse e pedisse ajuda? — perguntei.

— Não, depois de observá-la, eu queria ficar com você. Mas você tinha apenas pedido refúgio. Então, eu a deixei para ver se seu pai tinha retornado.

— Por que queria ficar comigo?

— Você faz muitas perguntas — ele disse sem rancor.

— É por isso que enviou o baú? Para me atrair de volta? — Sorri para ele, embora ele não estivesse me olhando. — Blye ficou bem interessada no tecido. Fico pensando como teria se saído com ela.

Ele grunhiu, e eu sabia que o tinha divertido.

Deixei-o com seu trabalho, sabendo que já o tinha incomodado o suficiente. Analisei as prateleiras. Incerta do que queria ler, perambulei um pouco. Uma prateleira mais baixa perto da porta me chamou atenção, e agachei para ler os títulos.

Alguma coisa bateu no chão da sala de estudo. Endireitei-me e olhei por cima do ombro. A fera havia se inclinado por cima da escrivaninha, completamente concentrado em mim. No chão diante de sua mesa estava o livro da propriedade que ele tinha acabado de abrir.

— Benella, minha querida, por favor, escolha um livro do outro lado da sala — ele disse devagar.

Franzi o cenho por um instante. Por que ele iria querer que eu me lembrei de Ila se abaixando diante de mim para acariciar o gato. Antes de o sorriso ameaçador poder se formar, assenti e saí da sua linha de visão. Então, sorri tolamente.

Uma semana depois, eu estava me sentindo definitivamente ignorada e bem incerta de mim mesma. Ele tinha parado de ir ao meu quarto à noite e desaparecia constantemente; agora, ia tão longe que se fechava em sua sala de estudo.

Andei de um lado para outro na biblioteca, tentando entender a mudança em seu comportamento. Tinha começado antes do casamento de Bryn. A primeira vez que ele Ruborizei e parei de andar para encarar a sala fechada. Eu havia pensado que sua anulação na época poderia ser algo que fizemos de errado, mas ele disse que não tinha sido. Mesmo assim, suas atitudes atuais pareciam sugerir o contrário. Por que mais me evitaria completamente, senão por culpa?

Frustrada, fui e bati à porta.

— Sir? — Ainda não conseguia chamá-lo pelo nome.

— Sim — respondeu abafado. — Entre.

Entrei. Como sempre, ele não olhou para cima. Eu me sentei nervosa em uma cadeira.

— Não entendo — eu disse.

Isso chamou sua atenção. Com um olhar de preocupação, ele olhou para cima.

— O quê, minha querida?

— Você disse que eu não precisava me desculpar, e pareceu gostar de me provar. Mas parou totalmente de me tocar. Não olha para mim. Mal fala comigo. Não entendo por quê.

Ele se concentrou em seus papéis.

— Benella, agora não é a melhor hora para eu falar sobre

— Foi errado? Está envergonhado do que fizemos? Eu deveria ter vergonha? — Não conseguia tirar da cabeça a imagem de Sara envergonhada.

Ele se levantou abruptamente e deu a volta na mesa.

— Não, Benella — ele disse, ajoelhando-se à minha frente. — O que fizemos não deveria lhe causar vergonha. Estou tentando muito me distrair para não pensar naqueles momentos com você porque quero fazer tudo de novo. Mas não acho que possa prová-la de novo e parar. — Ele tocou meu rosto gentilmente. — Quero você inteira. Por favor, diga que repensou e vai se casar comigo.

Olhei para minhas mãos, refletindo no que ele acabara de dizer. Meu medo permanecia. Ele iria me querer hoje ou até em dez anos a partir de agora, mas com certeza não mais que isso. Então lhe dei a mesma resposta de antes.

— Eu sei bastante sobre você no passado, mas ainda muito pouco sobre quem é agora. Não sei nada de suas esperanças para o futuro, além do seu desejo de se libertar da maldição.

— Então a resposta ainda é não.

Miseravelmente, assenti.

— Posso, por favor, ter roupas?

Ele ficou em silêncio até eu encontrar seu olhar.

— Estão no seu quarto.

Onze

Assim que vesti roupas apropriadas, ele passou mais tempo comigo. Conversamos por horas de coisas sem importância e passamos nosso tempo com o que queríamos fazer. Ele não usava mais sua névoa, e seu rosnado estava totalmente ausente. Eu amava cada dia passado com ele, mas achava que o tempo passava rápido demais com sua companhia divertida e amável. Quando toda noite chegava, sempre parecia que o sol tinha acabado de nascer.

Por sua insistência, comecei a dormir com uma camisola branca que ficava em mim a noite toda. Ele ainda vinha à minha cama e me abraçava enquanto descansava, mas apenas se juntava a mim quando eu já estava dormindo. Quando eu acordava, ele já não estava mais lá, e sim esperando no corredor, pronto para começar um novo e sociável dia.

Em nosso tempo juntos, ele começou a compartilhar suas esperanças para seu futuro como fera; e parou de tentar ver Rose. Porém, não me pediu para casar com ele de novo. Pensei que talvez tivesse chegado à mesma conclusão que eu. Ele iria cuidar de mim com facilidade na minha juventude, mas não quando eu envelhecesse.

Tentei não refletir em nosso futuro, e desisti de tentar reprimir o que eu sentia por ele. Amava a fera e nunca pararia de amar. Ficaria com ele pelo tempo que ele quisesse.

Perto do fim do verão, uma tempestade noturna varreu a área, e a fera e eu decidimos ficar perto do fogo na biblioteca, um de nossos passatempos favoritos. Uma lareira quente enviava um brilho suave à melancolia do pré-crepúsculo conforme eu repousava no sofá. Meus pés descalços se apoiavam confortavelmente nas almofadas, e a fera estava sentada no chão para que pudesse passar os dedos ociosamente por meu cabelo enquanto eu lia em voz alta.

Ele me parava de vez em quando para me alimentar com alguma guloseima da bandeja na mesa ou para fazer uma pergunta sobre o texto. Eu gostava de ambos os tipos de interrupção.

Quando terminei a passagem, fechei o livro suavemente e suspirei. Nenhum de nós falou por um instante, satisfeitos como estávamos.

— Não consigo me lembrar quando passei uma noite tão prazerosa quanto hoje — eu disse, virando-me para olhar para ele.

Ele me lançou um olhar suave e assentiu. Mas eu mal notei. Minhas palavras tocaram em um ponto profundo, e a solução ao seu feitiço ficou clara em minha mente. Levantei-me com um pulo.

— É claro!

Ele me olhou com preocupação.

— Eu testemunhei uma epifania?

Encarei-o, despedaçada. Se eu compartilhasse o que tinha acabado de perceber, ele poderia se libertar e se tornar um homem e envelhecer como qualquer outro. O tempo não me faria partir. Mesmo assim, ele não era qualquer homem. Era um lorde. E que lorde iria querer se relacionar com a filha de um professor, mesmo em sua juventude? Nenhum. Ele provavelmente iria se casar com alguém do mesmo nível. No entanto, se eu guardasse a informação para mim mesma, ganharia mais alguns anos de sua consideração como fera.

Seu olhar cuidadoso travou com o meu, e eu sabia que não conseguiria esconder a verdade dele. Ele tinha sofrido sua punição por tempo suficiente.

Forcei um sorriso amplo e ignorei o aperto no meu peito.

— Testemunhou, sim. Uma que vai mudar a sua vida. Se eu lhe perguntasse de quais maneiras poderia me dar prazer, o que você diria?

— Eu preferiria lhe mostrar — ele disse com um rosnado brincalhão e lúbrico.

— Se eu lhe perguntasse quais coisas me agradam, o que você diria?

— Não estamos mais falando de prazer sexual, estamos? — ele disse. Com um olhar carinhoso, ele me analisou por um instante. — Livros a agradam. Aprender. Andar lá fora. Visitar seu pai.

— Então, se eu fosse lhe pedir uma noite de prazer, o que você faria?

Ele arregalou os olhos, e eu sabia que havia chegado à mesma conclusão. Pelos últimos cinquenta anos, ele tinha tentado simplesmente agradar a feiticeira sexualmente.

Uma tempestade cresceu por trás de seus olhos, e eu me ajoelhei rapidamente e segurei seu rosto gentilmente.

— Você conviveu com ela ao longo dos anos. Deve saber do que ela gosta — sussurrei. — Vá até ela. Tente algo novo.

Ele hesitou, e eu vi que era por minha causa. Tive uma pequena esperança. Talvez um lorde poderia querer a filha de um professor. Passei a mão com gentileza no pelo de seu pescoço.

— Estou satisfeita em ficar aqui com você do jeito que é, mas você não é mais a mesma fera que era. Seu povo precisa de você. Precisa trazer prosperidade de novo ao norte.

Ele se levantou relutante, beijou minha testa e saiu do cômodo.

Sentindo-me abandonada, fui para meu quarto e vesti uma camisola. Meu coração doía ao pensar no que o novo dia poderia oferecer. Havia a possibilidade de muita felicidade e um desespero ainda maior. Esperava que, assim que ele voltasse a ser homem, não me esquecesse, como eu havia previsto há muito tempo.

Pensara que guardar minha virgindade fosse tudo de que eu precisasse para um futuro marido porque nunca tinha pensado na possibilidade de que a fera teria meu coração. Eu sabia da minha tolice agora. Se ele me deixasse de lado, a fera me machucaria, como havia prometido nunca fazer.

Suspirando, tentei deixar minhas preocupações e dores no coração de lado; e, gradativamente, o sono me tomou.

Antes de o sol nascer, um barulho distante de louça se quebrando me acordou, e eu percebi que nossa tentativa havia falhado. Por mais que eu quisesse manter a fera, queria libertá-lo para ser o homem que deveria ser.

Eu me levantei da cama e segui os sons que continuaram enquanto corria pelos corredores. Um som mais alto ainda veio da direção da cozinha, e meu coração se partiu pela fera. Corri para o cômodo, depois fiquei paralisada.

Tennen estava parado com um saco em uma mão, guardando nele comida enfeitiçada. Ele me viu e congelou com a surpresa também.

Eu me recuperei primeiro, virei e saí correndo. Seus passos faziam barulho atrás de mim. Perto demais. Ele me pegou pela trança. Gritei quando ele me puxou para trás contra seu peito. Meu coração acelerou. Eu me inclinei um pouco para a frente, pretendendo bater nele com a parte de trás da cabeça, mas ele me girou e me jogou por cima de seu ombro. Ele saiu correndo pela porta antes que eu pudesse respirar.

Debati as pernas e tentei me livrar dele, mas ele segurava firme. Apoiando as mãos nas costas dele, ergui a cabeça o suficiente para ver as videiras se moverem e senti uma pontada de esperança. No entanto, elas não se moveram para Tennen. Esticaram-se para Egrit, que corria na minha direção, e se enrolaram em seu tronco e no tronco de seu homem. Swiftly veio galopando na nossa direção, mas também foi pego pelas videiras. O sr. Corvo alçou voo, mas foi capturado no ar. O desespero me fez parar de lutar. Por que a fera faria isso?

Na luz do amanhecer, Tennen correu pelos portões abertos. Seu ombro se enfiava na minha barriga. Senti náusea. Absorto, ou talvez sem se importar, ele continuou.

Chegamos ao vilarejo silencioso de Konrall comigo prestes a vomitar. Independente disso, assim que vi a primeira casa, abri a boca para gritar, sabendo que o açougueiro e o produtor de vela viriam me ajudar. Antes que pudesse emitir um som, Tennen me jogou no chão e tampou minha boca.

— Nenhum som — ele alertou.

— Não enche! — gritei enquanto tentei me afastar e levantar.

Ele usou seu corpo para me prender e encheu minha boca com um pano. Então, segurando meus braços, ele me jogou atrás de sua cabeça e me carregou como um grande prêmio. Minha respiração saiu de mim por um instante. Mas eu ainda lutava. O esforço fez com que minha parte interna da coxa recebesse uma pontada.

Ele virou na rua ao lado da padaria, e comecei a entrar em pânico. Quando chutou seu pé com bota contra a porta, lutei desesperadamente. Tentei usar a língua para empurrar a mordaça da minha boca enquanto gritava, pedindo ajuda.

— Tennen — o padeiro gritou com prazer, olhando para mim.

— Pão para sempre — Tennen exigiu bruscamente.

Entendi o que ele pretendia fazer e me debati, torcendo para ele me deixar cair.

— Um pão por semana até o dia em que você morrer, ou um pão por dia por quatro meses.

Tennen assentiu assim que consegui me contorcer e libertar uma mão. Agarrei seu rosto, esquecendo-me da mordaça, desesperada para me libertar.

— Para dentro, rápido — o padeiro arfou.

Assim que a porta se fechou, Tennen me tirou de seus ombros e me bateu. Meus ouvidos apitaram, e cambaleei para trás, caindo contra alguma coisa antes de desmoronar no chão.

O padeiro falou, mas não consegui entender o que ele disse. Parecia que eu tinha água nos ouvidos, abafando e alterando suas palavras. Pisquei na tentativa de limpar minha visão nebulosa. As pernas de Tennen passaram diante de mim. Eu as vi irem apáticas para a porta. O cômodo girou quando a porta se fechou depois de ele sair. Eu me esforcei para levantar, depois vomitei.

O padeiro gritou desanimado e envolveu uma mão carnuda em meu braço para me arrastar e tirar do cômodo. Lutei, sabendo que minhas tentativas patéticas não o deteriam.

Ele me levou para a frente da loja, onde sua irmã já estava sentada.

— Socorro. — Atráves de meus ouvidos estranhamente filtrados, meu pedido saiu indolente.

Ela me olhou preocupada, mas o padeiro gesticulou para ela sair da frente.

— Ela… — A água atrapalhou um pouco as palavras do padeiro. — … para se recuperar.

Ele abriu a porta atrás da loja. Levava a uma sala de estar. Ele me levou a um sofá e me pressionou nas almofadas já comprimidas. Tirei as mãos dele, e ele prendeu minhas mãos atrás da cabeça. Não tão forte quanto Tennen, mas bateu no mesmo lugar e trouxe a náusea de volta.

Sua mão passou pela minha garganta e desceu pela minha camisola pateticamente fina. A palma da mão dele se arrastou por meu seio. O toque não provocou uma pontada familiar no meu centro, apenas outra onda de náusea. Encorajei um vômito forçando a mordaça.

O padeiro pulou para trás, dando-me um instante para prorrogar. Levei uma mão à cabeça, esfregando a têmpora e piscando, tentando enxergar mais claro.

— Me deixe ir — eu disse.

— Acho que não. — Seus olhos não se desviaram de meus seios.

Eu queria chorar, mas, em vez disso, procurei um jeito de fugir. O padeiro usou minha distração e me empurrou de novo, prendendo-me com seu peso.

Não conseguia respirar. O pânico me tomou, e empurrei seus ombros. Mal registrei a sensação de sua mão quando ele ergueu a barra da minha camisola até a cintura. Eu não vestia nada por debaixo.

Virei-me na tentativa de tirar seu peso de cima de mim o suficiente para conseguir respirar.

A força de seu joelho separou minhas pernas. Com ar ou não, eu não o deixaria me tomar. Lutei mais forte, ignorando os pontos que dançavam na minha visão.

A porta se abriu, e eu chorei de alívio. Mas o padeiro não parou. Começou a empurrar os quadris em mim. Para meu horror, senti a cabeça de seu pênis batendo na minha abertura. No entanto, ele não conseguiu penetrar devido à sua barriga enorme.

— Me solte!

Ele me ignorou e me puxou de volta o suficiente para tentar reajustar a posição. Ergui a cabeça, olhando para a porta. Tennen, Sara, o ferreiro e a mãe do padeiro estavam lá.

— Tirem-no de mim!

Ninguém se mexeu. O padeiro empurrou de novo, e seu pênis chegou um pouco mais perto da minha abertura. Ele colocou uma mão sob meu quadril e me reposicionou com um grunhido.

— Sara! — gritei.

Ela desviou o olhar, seus olhos estavam cheios de lágrimas. Tennen deu um sorrisinho. A mãe do padeiro parecia profundamente perturbada, mas não se mexeu.

— Me ajudem!

A boca do padeiro foi para perto do meu ouvido.

— Agora você é minha.

Virei de volta para ele, pronta para morder seu maldito nariz. Ele inclinou os quadris para a frente conforme abri a boca com um grito bravo. Ele arqueou para trás a fim de me evitar, e a cabeça de seu pênis pulou para o lado, errando completamente minha abertura.

— Eu nunca serei sua. — Desisti de tentar empurrá-lo para longe e segurei selvagemente seu rosto. Minhas unhas arranharam sua bochecha.

— Segure as mãos dela — ele arfou, virando a cabeça para o outro lado.

— Acho que não — uma voz profunda disse da porta.

O estrondo ameaçador fez o padeiro parar meio corcunda. Ele olhou para cima.

Usei a distração para arranhar o rosto do padeiro de forma selvagem. Ele gritou e cambaleou para fora do sofá, segurando o rosto com dor. Consegui me levantar, alisando minha camisola como se pudesse me proteger. Minhas pernas e braços tremiam.

— Ela é minha — o padeiro arfou. — Você nos viu juntos.

— Você é um rascunho de homem — eu disse, virando e chutando-o na barriga mole. — Nunca serei sua.

O padeiro gemeu e se curvou.

— Você ouviu a dama — o recém-chegado disse.

Ergui a cabeça do padeiro para olhar aqueles que tinham ficado parados de maneira tão insensível.

Patrick havia puxado Sara para o lado. Tennen estava parado perto deles, sua expressão de ódio ainda em mim. Caminhei diretamente para ele, cerrei o punho e lhe dei um soco na boca. Ele gritou em choque, e eu esfreguei a mão.

— Bryn foi tola em um dia ver valor em um babaca como você — eu disse, recuperando a calma.

Olhei para Sara com olhos de censura, mas não disse nada. A mão de seu marido estava apoiada em seu ombro. A expressão dele permaneceu impassível.

Finalmente, olhei para a mãe do padeiro, que olhava para o filho com uma expressão de coração partido. Ela tirou a capa do assento de uma cadeira, balançou para mim e colocou sobre meus ombros.

Enquanto ela ajudava a me cobrir, olhei para meu salvadores. O homem era alto. Tão alto que deve ter precisado se abaixar para passar pela porta. Seu cabelo cortado escuro não chegava ao colarinho por um centímetro. Sua testa severa fazia sombra em seus olhos azuis conforme seu olhar permanecia em mim.

Sua companheira se mexeu um pouco, chamando minha atenção. Ela estava parada logo atrás dele, sua mão macia em seu ombro, assim como a mão de Patrick no ombro de Sara. Achei estranho, e ignorei a expressão suave e de compaixão dela enquanto focava na sua mão. Algo parecia muito familiar quanto à sua mão.

Quando analisei, arregalei os olhos. Olhei para seu rosto. As rugas e os dentes amarelados não estavam mais lá, mas não tinha dúvida. Era o rosto de Rose. A mão de Aryana.

Olhei para trás para o homem sério e lindo, meu olhar varrendo-o da cabeça aos pés. Alec. Lorde do Norte. A fera tinha quebrado o feitiço.

Meu coração pulou de alegria, até eu perceber que ele não se moveu na minha direção. Olhei para ele com expressão questionadora, e ele fez uma careta bem discretamente enquanto encontrou meu olhar. Dentro de mim, eu me despedacei. Sabia que ele não iria me querer depois de ter voltado, mas não esperava seu completo abandono. Meu coração se partiu.

Espancada, quase estuprada e ignorada pelo único que eu amava, tinha sofrido o bastante.

— Quero ir para casa — sussurrei, evitando olhar para a dupla. — Para a casa de meu pai.

— Há uma carroça lá fora, esperando você — o Lorde disse.

Ele deu um passo para o lado, e Aryana/Rose copiou seu movimento. Traída pela mulher de que tinha aprendido a gostar mais do que minhas próprias irmãs.

Saindo rígida da sala, deixei o padeiro com minha cabeça erguida. Havia muitas pessoas na loja. Ignorei todas.

Do lado de fora, havia uma carroça pequena e leve com um único cavalo; e o motorista me ofereceu a mão para subir. Eu me sentei no banco de couro e olhei sem expressão para o casaco do homem conforme ele se sentou no banco do motorista e encorajou o cavalo a começar a trotar.

Vi pouca coisa conforme deixamos Konrall. A devastação do meu mundo me cegou. Tinha perdido a fera, as irmãs de quem eu gostava e o lar que eu desejava. O que havia sobrado? Não conseguia pensar em nada; e, em minha mente, o peso do padeiro me pressionou mais uma vez.

Nota da Autora

Você sobreviveu ao final arrebatador de *Perversão*... e quanto a este? ☺

Espero que tenha gostado de *Engano*, parte 2 da série Contos da Fera. Seu apoio me faz continuar escrevendo, então, por favor, conte a outras pessoas sobre esta história deixando uma resenha no Goodreads ou em qualquer outro *site* de varejo onde este título está disponível.

Continue lendo para um excerto de *Devastação*, a conclusão dos Contos da Fera.

Boa leitura!

Melissa.

Devastação

Aos Cuidados da Fera

Parte 3

As sobras maltrapilhas do mundo de que eu gostava tanto saíram da minha mente. A raiva e o ódio enevoaram meus pensamentos.

Eu tremia ferozmente, mas me recusava a me render às lágrimas que queriam cair de maneira tão desesperada. Meu estômago se contraía com o abuso recente e a repressão para me conter, e meu rosto doía dos golpes que Tennen e o padeiro tinham me dado. Ainda assim, a dor não me distraía da sensação persistente daquele homem grotesco e perverso conforme a carroça rumava em direção à Ponte. Minha pele estava arrepiada, e meus pulmões se recusavam a trabalhar adequadamente.

Eu estava tão perdida na experiência violenta que mal percebi quando a carroça parou diante da casa de meu pai.

O motorista desceu de seu banco e me ofereceu a mão a fim de me ajudar a descer. Eu precisava da ajuda. Minhas pernas trêmulas tinham piorado.

Quando fiquei em pé, o motorista se virou para a casa de Papai e bateu à porta. Tremendo na capa da sra. Mendunge e na minha camisola, fiquei parada atrás do homem.

Papai abriu a porta, olhou para mim e me colocou para dentro rápido.

— Benella, o que aconteceu? — ele disse, abraçando-me para me equilibrar.

Eu só conseguia balançar a cabeça. Ele tentou interrogar o motorista, mas o homem fez uma reverência e disse para esperar notícia de seu mestre logo.

Isso penetrou em minha mente nebulosa. Meu estômago caiu. O Lorde que voltou à propriedade. A imagem dele parado tão tranquilamente queimou meus olhos; ainda assim, não chorei.

Assim que a porta se fechou, Papai me levou a uma cadeira, depois saiu rapidamente para pegar água do poço. Quando retornou, molhou um pano no balde, espremeu-o e o colocou em minha face. Encolhi-me de dor e com a lembrança do que tinha acontecido.

— Vou chamar o médico — ele disse, já virando-se.

— Não. — Peguei sua mão para fazê-lo parar.

Eu não estava tão machucada que pudesse justificar o custo de um médico. Iria me recuperar. Ainda assim, Papai me encarava com preocupação, e eu sabia que ele insistiria a menos que eu explicasse minha aparência.

Evitei olhar para ele quando as palavras saíram.

— Interrompi uma tentativa de roubo na propriedade da fera — eu disse, olhando a mesa. — A fera estava em outro lugar. O ladrão me carregou para o padeiro. O padeiro tentou me estuprar. Sua barriga grotesca me salvou — eu disse em um sussurro cortado. — Estou tremendo e machucada. Nada que não vá sarar.

— Oh, minha menina. — Papai se ajoelhou ao meu lado e me abraçou. Sua compaixão quase libertou as lágrimas que eu lutava para segurar.

— Não quero voltar — eu disse com uma voz tensa e dolorida. — Todos eles jogam jogos cruéis. Pensei que Aryana fosse uma amiga, mas ela é a feiticeira que manteve a fera presa esse tempo todo. Ambos estavam na casa do padeiro. — Ergui a cabeça e encontrei o olhar agonizado de meu pai. — A presença deles fez o padeiro parar, mas, com exceção disso, eles ficaram parados, indiferentes.

— Sinto muito, Bini — meu pai sussurrou com lágrimas nos olhos. — Queria saber como consertar isso.

Eu sabia que ele se referia a mais do que o ataque que sofrera. Ele me puxou de volta em um abraço reconfortante, tentando me proteger como fez com o *bullying* de Tennen quando nos mudamos para Ponte. Ainda assim, em vez de Papai fazer o sacrifício que pretendera, eu tinha sido enganada e convencida a ficar com a fera, que eu pensei que me protegeria tão zelosamente quando protegia sua propriedade. Tristemente, eu me enganara em presumir seu nível de afeição a mim. A dor em meu peito continuou a crescer, mas, para o bem de Papai, contive minhas lágrimas.

Papai se afastou e me ofereceu seu quarto, junto com algumas de suas roupas. Depois de me vestir, sentei-me em sua cama com os cotovelos nos joelhos e encarei minhas mãos entrelaçadas.

Todos os conselhos que Aryana tinha ou não me dado faziam mais sentido agora. Ela havia me usado em seu jogo com a fera. Como Rose, ela me dissuadira, aproveitando-se da minha determinação em ajudar. Como Aryana, ela me dera o conhecimento de que precisava a fim de navegar em um mundo que não compreendia. Lembrei-me de todas as vezes que ela dissera que se preocupava comigo. Havia sido sincera; eu não duvidava. Mesmo assim, não fora suficiente para impedi-la de jogar.

Finalmente, as lágrimas escorreram rápido e violentamente.